唔該，埋單

一個社會學家的香港筆記

唔該，埋單

一個社會學家的香港筆記

呂大樂

OXFORD
UNIVERSITY PRESS

OXFORD
UNIVERSITY PRESS

Oxford University Press is a department of the University of Oxford.
It furthers the University's objective of excellence in research, scholarship,
and education by publishing worldwide. Oxford is a registered trade mark of
Oxford University Press in the UK and in certain other countries

Published in Hong Kong by

Oxford University Press (China) Limited
39th Floor, One Kowloon, 1 Wang Yuen Street, Kowloon Bay,
Hong Kong

© Oxford University Press (China) Limited
The moral rights of the author have been asserted

First edition published in 2007

ISBN: 978-0-19-549568-3

This impression (lowest digit)
5 7 9 10 8 6

唔該，埋單
一個社會學家的香港筆記
呂大樂

目　錄

1. 再版序

　　一九九七年六月趕着完成《唔該，埋單》，「絕對是為了在一九九七年七月湊熱鬧。原因簡單不過，既然是要討論香港社會的構成及批評一些時下的論點，那最直接的方法，便是加入戰圈，希望可以引起一些讀者討論的興趣。」當時在「前言：完全政治不正確」是這樣寫的。而書的副題是「一個社會學家的香港筆記」。假如我沒有記錯的話，這個副題應該是編輯陸志文或葉向榮的主意。我提出過一個很笨的建議（大概是「觀察香港社會的社會學筆記」），最後沒有採用——理由相當充份。舊事重提是因為當時的出版背景和寫作的「筆記」形態是相互關連的。在出版「死線」的壓力下，當時根本不可能完成原先構思的學術報告；於是，改以文集——當中一些是閱讀筆記，一些是草稿、隨想，也有已經發表的文章——形式結集成書。而在改變書寫方式的過程之中，特別強調個人經歷與社會歷史的關係與互動，並且清楚表明以個人主觀角度出發來敍述香港社會的轉變。當時我提出：「讀者必須留意到筆者的偏見，閱讀時要保持距離。」這是以筆記形式進行寫作的另一

意義。面對九七回歸，社會各界都在總結過去的時候，最好是「人人講故」，編寫不同的香港故事。我深信，如果真的有所謂的香港故事，它們應該屬於眾數，有很多個不同版本、角度，而當中並沒有優劣之分，只有不同切入和論述的角度。每一個故事都有它的獨特性，也有重疊的、共通的地方。正因為這樣，它們都是香港的故事。

　　既然是筆記，也就沒有認真想過再版這回事。書本正式發行不多久之後，支持出版的公司便改變了經營的方向與策略，結束了負責出版的部門。基於各種原因，書本已不再在市面上流通。公開大學(它的香港社會課程)曾要求授權將書中部份章節編收入科目教學材料之內。後來吳俊雄和張志偉在編輯《閱讀香港普及文化》一書時，也選用了一些部份。對我來說，這大致上已經解決了流通的問題，書本似乎已不一定有再版的需要。

　　直至牛津大學出版社林道群先生傳來電郵，問：可有意出版增訂本？感謝他的信任，他沒有多問幾句，便說等待我修訂好的稿件。於是，有了這本增訂本。

　　本書分為兩個主要部份：前部份是《唔該，埋單》的原稿，後面新寫了一則後記〈有落，後數〉。曾經想過認真改寫原稿，但覺得太多改動、補充，便會失去了本來那種筆記的味道。所以，除一些錯漏的更正外，決

定原稿保留不變，只加入了一篇新寫的文章，作為對
「後九七」的補充。一如以往，這是一份筆記。我會承
認，回歸十年所發生的很多事情，是 (我敢說，大部份香
港人) 始料未及的。那不是因為我對九七回歸抱樂觀主
義，以至出現錯誤的評估 (事實上，剛好相反，我是悲觀
主義者。從這個角度來看，今天香港的狀況已較我原來想
像中的好多了)，而是香港社會——制度與價值系統——較
我預期的脆弱。如果九七前的香港故事不易講 (那是也
斯先生所提出的)，那麼九七後的香港故事，不知從何
說起。

　　鳴謝：基本上在初版的〈前言〉已有所交代。在此
只想補充幾點。家人的容忍 (那些莫名其妙的、源源不絕
的稿債)和支持，至為重要。傅曉君在死線前仗義幫忙，
把舊有的文字稿重新輸入電腦，衷心感謝。隱藏於中文
大學校園內外某處的一眾「砵蘭街街坊」和三樓咖啡店
的好友們，感謝平日生活上的照顧。

2007年6月5日

2. 前　言

　　這本書討論兩個問題。一是關於香港人對香港的感覺(或說感情)。像我這類在六、七十年代長大，土生土長的「公共屋邨小子」，對香港的感覺既非愛，亦非恨。我認為自己是一個相當關心香港的香港人，同時亦相當喜歡在香港生活，但在過去三十多年，從未說過「我愛香港」，甚至聽到別人說他愛香港，感覺也是怪怪的，會有點不自在 (不過這是別人的感受，我不應亦沒有必要評論)。我對香港的感覺，不能用「愛」去形容。但那種感覺也不是恨，我不會恨香港或者港英殖民地統治的香港，因為我是真心覺得在這裏生活是快樂的。這不是因為我沒有看見殖民地制度的黑暗面，也不是因為我已經忘記了貧困戶的痛苦，而是因為在香港社會發展的過程之中，它發展出一種自成一體的新性格，這種性格不可以簡單地化約為殖民地主義或其他強調本質的概念。它並不是一些概念——如殖民地主義、資本主義，能夠表達出來的質素。在生活層面經驗上，撇除它種種淺薄的方面，這種性格有一定的包容性、少一點怨氣、少一點悲情，有一種「船到橋頭自然直」的天真。在這樣的環境裏

長大，機會是有的；至於最後得到甚麼，那是另一回事。

　　所以，我對香港的感覺不能説是在愛恨之間。事實上，要更準確的捕捉那種感覺，我們必須擺脫愛、恨之類的定型，從另一個層面重新了解那種感覺——普羅大眾所擁有的感覺。

　　這本書要處理的第一個課題，就是要説明「香港意識」出現的歷史和社會基礎。今時今日，這樣處理「香港意識」的態度與方法可能會遭人批評為「政治不正確」，為殖民地時代的香港説好話。我的回應是以殖民地主義之類的概念來了解當代香港社會，它的解釋能力相當有限；要了解香港，我們必須忠於在香港生活的體驗，從歷史發展、市民生活的角度入手，才可以逐步認識其中微妙之處，呈現香港人的觀點。

　　這本書要處理的另一課題，是「香港意識」的局限。我相信沒有一個香港人會認為香港是完美的。但很多時候，香港人就是這樣隨便説句「沒有人認為這裏是完美」，便輕易地迴避了各種存在於這個社會的問題。各種有關香港社會的論述中所建構的「神話」，背後都存在另一面的「現實」——「香港夢」（這是一處人人都有機會的地方）背後有不平等、機會的差異，「本地意識」背後有一種排他取向。在九七臨近的今天，各種社會問題都給暫時按住，沒有列入一般歷史回顧、九七展

望之類的討論之內。

現在很多人所講的九七後香港繼續安定繁榮，基本上是指如何可以令香港在未來五十年，繼續成為一處有生意利潤的地方；愈來愈少讀到香港人如何分享安定繁榮的成果。新的流行用語，是九七後在香港做香港人，要有一定的經濟能力、競爭條件；繁榮的香港，是指這處投資場地。而部份香港人——尤其是經濟能力偏低者的利益，卻逐漸被排諸考慮之外。這本書裏的文章，沒有一篇是真真正正以訪貧問苦為主題的；要報導當代香港的狀況，恐怕是另一個寫作計劃的任務了。但我在內文多處卻會反覆提到我們要注意「現實」的另一面，我認為這是一種必須有的態度——問題是在現時一片「唱好」的大環境裏，提出這種關懷的考慮，也可能被視為「政治不正確」。

所以，如果要簡單一兩句話來總結這本書的主旨，那就是：不理政治上是否正確，繼續講出我們對香港的感覺。

這本書的出版其實是一次意外。本來答應為「閒人行」寫的書，應該是一本完完整整、引用大量二手資料寫成的一份戰後香港社會報告。但基於各種原因，到五月初截稿限期的時候，我才剛寫完第二章；要如期出版，基本上已是不可能的了。因為準時交稿無望，便與

唔該，埋單

編輯先生商量將出版計劃擱置。可是，編輯陸志文不但肯將最後限期推至六月初，並願意接受修改原來計劃的想法。結果，整個計劃便由一份完整的報告變成這本文集。不過話說回來，雖然原來的出版計劃有變，但這文集所處理的課題，與先前所想的出入不大——基本上我是想探討「當代香港社會」(作為一個實體與一個概念) 是如何建構出來的。如果這兩個寫作計劃有所分別的話，那主要是在於論述的模式。收集在這本文集的短文，有些是閱讀筆記，有些是草稿，亦有些是隨想；它們的共通點是討論都是從主觀出發，完全自覺個人經歷與對歷史發展的理解是緊密關連的。就這一點，讀者必須留意到筆者的偏見，閱讀時要保持距離。

既然是一份在短時間內整理好的筆記、草稿、隨想，根本沒有機會找朋友幫忙審稿並提出意見。所以，理論上我沒有必要寫「鳴謝」的部份；但實際上，在過去一段時間裏，一些朋友對我在有關香港社會的寫作上，幫忙很大。梁款是相識二十多年的老朋友，我倆從沒有正式合作寫文章或做研究；但在很多方面，他那種低調的支持，一直是一種鼓勵。認識趙來發是在金禧事件的一次行動的場合，後來合作編學生報《學苑》，受益良多；特別是一起搞過兩期香港專輯，箇中經驗受用無窮。黃偉邦與趙永佳均是我在學術研究上的好拍擋，

私底下的好朋友，與他倆合作絕對是愉快的經驗；他們對於知識，從不吝嗇。在無數次的午間咖啡小敍，我們無所不談，沒有知識、資料是不可以互相分享的。

我必須感謝「閒人行」的葉向榮和陸志文兩位。他們的耐性和支持，令這本書有見天日的機會。

陳潔芬如常的在背後支持、打氣，在緊急關頭，她一定在身邊幫忙一把。

但我最想感謝的，是爸爸和媽媽。我敢肯定，如果可以影響我的決定的話，他們一定情願我在大學時唸的是工商管理而不是歷史和社會學。但他們在這個問題上，從來沒有說過一句話，完全放手讓我自己選擇。他們大概不知道，其實真正令我對香港歷史、社會、普及文化和城市生活產生興趣，正是他們兩位——是他們帶我去北角「麗池」游泳時，跟我談選美會的歷史、「小上海」的起落；是他們一年一次帶我去皇都戲院看「出水芙蓉」，然後回程上暢談戰前、戰後的變化……他們一早便給我上香港社會、歷史的課，只是我後知後覺，到現在才想通他們的話。

這本書的出版，絕對是為了在一九九七年七月湊熱鬧。原因簡單不過，既然是要討論香港社會的構成及批評一些時下的論點，那最直接的方法，便是加入戰圈，希望可以引起一些讀者討論的興趣。

1997年6月1日

　　　　　　　　　　　　　　　唔該，埋單

3. 導　言

　　毛翔青 (Timothy Mo) 所寫的小說 *The Monkey King* 裏面有一段甚有趣的對話。書中主角 Wallace 與唸中學的 Clarence 和 Hogan 聊天，問：「為甚麼我們在學校所做的數學題，總是以英鎊、仙令、便士作為貨幣單位——而每一個人都了解在香港我們是用元、角、分的港幣？」

　　這個令不少學童「感到困惑」(Timothy Mo 語) 的問題，是那批在五、六十年代長大的一代人的日常生活經驗。他們不會問 (因為明知問了也沒有甚麼好結果)：「為甚麼我們要用英國的度量衡單位來做數學題？」，而會問：「怎樣可以又快又準的計出答案？」這是生存的策略——一種犬儒的、只求達到目的不作其他考慮的、工具主義的生存策略。

教育等於派獎

　　我是在一九七〇年透過「升中試」考上中學的；中學和大學生活，主要在七十年代度過。上面談到那從英國移植到香港的殖民地教育內容，在六十年代讀小學及

七十年代初期的初中階段，感受是相當深刻的。我們清楚明白某些遊戲規則是由上而下、「沒有甚麼可以解釋」的；而身邊的成年人(包括學校的老師)，則不斷提示我們如何可以在一個不明所以的遊戲裏玩得出色。至於我們要問的，不是「為甚麼我們要參與這個遊戲？」(又或者「這個遊戲有意思嗎？」) 而是「到遊戲結束時，我們可以得到甚麼獎品？」

我自認是戰後香港社會轉變及港英政府改良政策的受惠者。跟很多在公共屋邨長大的「戰後嬰兒」一樣，我在香港成功踏上出口主導的工業化道路及政府逐步擴展各種社會服務的環境下長大。一方面香港的經濟的迅速發展帶來了生活條件的改善；而另一方面，隨着香港政府在房屋、教育及醫療等服務上加強工作，來自普通家庭背景的土生土長一代，有條件及有機會在個人發展方面有更多的選擇。從升中試、中學會考，到進入香港大學，雖然不是一帆風順(我是憑着第二次入學試成績才考進港大的「遲熟學生」)，但也可以算是教育機會擴展的受惠者，走上了這個社會認為(認可並鼓勵的)上佳的個人事業發展路徑。

但我同時也清楚知道，並不是所有人都有同樣的機會利用上述環境的轉變，令生活更好過。以前同班的小學同學有些在初中階段便要放棄學業了。記得在中三那

年偶然再遇上幾位小學同學，知道有的因家庭經濟狀況不佳而提早出外工作，也有的難以在私立中學熬下去，早就找份工作算了。對於當時的教育制度，我們既無好感，更覺得它對低下階層的學童全無照顧。但隨着香港社會經濟發展上了軌道，社會流動機會因應經濟結構的變動而增加了；那個令人產生疏離感的教育制度，變成了一個為人所接受的地位及資源分配機制。雖然不是「人人有獎」，但它所派出的「獎品」，確實令不少人轉移視線，不再問誰訂遊戲規則，而只求這個機制繼續有能力「派獎」。

殖民地的含意漸漸淡化

一九七三至一九七四年間，民情轉向。儘管在年青一代當中已開始醞釀一種本土意識，但總的來說還是覺得香港處處受制於殖民地制度，難有甚麼大作為。但經過政府大力推行(後來無疾而終的)「十年建屋計劃」、成立廉政公署以平息因貪污帶來的民憤等工作以後，再加上七十年代中期香港經濟逐漸擺脫了石油危機所帶來的經濟衰退，情況便有所變化。七十年代中期香港社會民情的最大特點，就是市民開始重新理解殖民地統治的內容。以前殖民地統治等於政治封閉、社會不平等、政

府缺乏民間觸覺、脫離群眾、貪污等；然而在七十年代中期開始發展出來的一種看法——是殖民地統治雖然封閉，但政府會做門面的諮詢與交代工作；社會雖然不平等，但這個政府能促進香港整體經濟繁榮；政府雖然缺乏民間觸覺，但它已開動幾項改革（例如房屋）的工程，辦事有效率，而且脫離了貪污時代，逐漸走上制度化的軌道。當然，民情不是一下子轉過來的，而民眾的不滿亦繼續在七十年代後期，以上街抗議的形式表達出來；但民眾的情緒已漸漸轉變，殖民地已不再等同於貪污、腐敗和封閉。在民眾眼中，香港成為了高效率、有能力保持經濟繁榮、相對清廉的殖民地。從這個角度來看，殖民地本來的含意也就漸漸淡化了。

有人認為這個殖民地形象漸漸淡化的現象是一個神話。所謂神話，可能有兩種不同的意思：一是表示香港政府能在一個依然封閉的政治制度框框之內，化解了民眾對殖民地統治的不滿——這是很難想像的一回事；二是這個淡化過程基本上是虛假的，殖民地統治的本質沒有改變，只是香港社會的經濟成就，令市民滿足於現狀。

今天回頭看七十年代的社會變化，會覺得這兩種理解均有所偏差。後者認為民眾對殖民地統治的理解有所轉變，其實是建築在一些假象之上——這種論點，似乎沒有正視香港社會本身的發展和變化；殖民地政府自我

改革 (尤其是反貪污、確立法治的基礎、推行社會政策等方面) 和香港經濟在戰後五十年的迅速發展、確實給戰後在香港長大的一代機會和希望。這些生活條件上的改變，是實實在在的，不容否認的。

社會上的陰暗面

但在經濟發展、社會改革的過程之中，亦存在不平衡的部份。上述兩種看法之中，前一種觀點的問題，在於沒有看到繼續存在陰暗面的事實。「在屋邨長大」的生活經驗及後來 (主要在一九七七至一九七八年間) 在安置區當義工的體驗，經常提醒我不要忘記另一些人的生活。那一年在幾個安置區 (包括九龍灣、下葵涌、石蔭等區) 當義工的經驗，可以說是印象深刻的。那些老老實實，只求解決基本生活的工人階級家庭，在當年一片經濟環境叫好的大氣候裏面，他們的生活卻一點都不易過。每次到區內做家訪時所見到的，就是階級差異的具體表現。經濟資源的缺乏令這些住在安置區的家庭，不單在物質生活方面有較多的困難，而且他們對於生活的其他方面，亦經常有一種不由自主的感覺。在七十年代後期的香港社會裏，這批工人階級家庭的夢想就是「早日上樓」(搬遷到公共屋邨居住) 和繼續找到一些經常可以

有加班機會的工作，希望有朝一日爬升到做小老闆或其他更高的位置，脫離安置區，晉升到另一個社會圈子。但更多是繼續「捱世界」，依然要面對各種生活的壓力。

在一九九四年底至一九九五年初，我替「香港樂施會」做了一個關於低收入住戶的小型研究。在研究的過程之中，為了搜集資料，我往城中各舊區跑，探訪了天台屋、板間房居民、新移民家庭、受工業轉型威脅的工友和單親家庭。那次採訪經驗再次提醒我，香港社會仍存在不同的兩面。我曾聽過不少香港人（從學者到商人都有）說：收入差距不是問題，因為十年前在香港最窮的，現在十居其九都發財、興家了。說這些話（我認為是「風涼話」）的人，大多認為不平等問題沒有甚麼大不了，更不值得特別關心、研究。在他們眼中，有本事的人，自然有能力離開他們的階級位置；留下來的，都是社會競爭過程中汰弱留強的結果。如是，喜歡唱這種調子的學者和商人們，總愛引述「自己也曾是窮光蛋一名」或「我也是木屋區長大」的個人經驗，來支持那種人人機會平等的觀點。但我從社會學的角度來看上述各種現象，呈現在我眼前的，反而是個人經歷的局限；結構性不平等的問題不因個別人士成功離開原來階級位置，而變得不重要。

我在舊區探訪過程中所見到的低收入住戶，大多是

腳踏實地，願意努力工作的普通人，有些因為在經濟結構轉型的環境裏，失去了勞動市場上的市場價值，而隨時陷入貧困境況。有些是因為長期在惡劣環境下工作，以致患上職業病或因工業意外而無法如常工作；他們的生活環境急轉直下，無法再獨立生活。我亦遇過一生做體力勞動的中年單身人士，在不景氣的環境下，「餐搵餐食」，對未來生活感到茫然。亦有一些依靠「綜援」生活的家庭，因為資源缺乏而飽受各種生活上的壓力。這些住戶努力求存，卻總沒有辦法擺脫他們日漸邊緣化的處境。

　　一九九四年底至一九九五年初在舊區採訪的經驗，令我更加清楚了解所謂人人機會平等的論點為何站不住腳。但這樣說並不是否定戰後香港經濟在發展過程之中帶來了流動機會的看法；問題是在了解到社會流動機會的同時，我們亦應該明白結構性不平等對不同階級背景人士的影響。正如我在前文提過，我個人可以說是戰後香港社會發展所帶來種種轉變的受惠者；對於香港社會給我們提供的機會，我是有所體會的。不過話說回來，我們也有需要認識到個人經驗的局限，每當我放下自己的個人經驗及相關的世界觀，並嘗試從另一些人的經歷和角度來看香港社會的時候，我就更能掌握這個社會的矛盾和兩面性。

從實地觀察所得，這個城市存在一種二元化的趨勢。經濟社會大環境的變化，一方面給高學歷，擁有資本的人提供新的機會，使他們可以從香港走向成為一個「世界城市」的過程中取得更大的利益；而另一方面，本來已經是資源短缺 (從參與勞動市場的條件到居住、社會網絡等方面的資源) 的人士，變得更無助，受困於社會邊緣的處境。但諷刺的是，這些近年受盡苦頭的「困難戶」，大多數是普通家庭——一些過去幾十年默默地工作，只求生活安定的家庭。

　　香港社會強調個人成就的文化，這些人的處境完全沒有得到應有的注意。這是一個成者為王的社會，成功被視為個人努力的成果，而失敗則是個人的不幸，誰都沒有欠了誰。在這個價值系統裏面，沒有人覺得自己有責任看看身邊的陌生人，關心他們的利益是否得到照顧。

　　而更重要的一點，是我在採訪過程之中所遇見的住戶，他們之所以陷於困境，無法脫身，並不只是個別的情況，或受到某些行政失當以致未受到政府政策的照顧；他們所面對的困難，是說明了政府政策本身的傾斜性——對於某些「困難戶」的處境，現有政策是未有所顧及的。

　　我想說的是，結構性不平等的存在，令所謂機會與希望並非人人可以在同樣條件的情況下分享。這個所謂

高效率、殖民地形象逐漸淡化的香港政府，對社會上某些人——尤其是處境日趨邊緣化的「困難戶」，基本上是缺乏照顧的。

至於即將上場的特區政府，從暫時所聽到的言論或所見到的辦事表現，也不見得會有一種人文的觸覺和視野。

戰後五十年的香港社會，並沒有給每個參與這場遊戲的人派發同樣的「獎品」。對一些人來說，這五十年代表機會與希望；但從另一個角度，對另一些人來說，這五十年卻是不平等與挫折。

I.　　　　　　　　　　　　　　　　故事

我們要注意到「現實」的另一面
我認為這是一種必須要有的態度
問題是
在現時一片「唱好」的大環境裏
提出這種關懷的考慮也可能被視為「政治不正確」
所以如果要簡單一兩句話來總結這本書的主旨
那就是
不理政治上是否正確
繼續講出我們對香港的感覺

4. 講故，更要駁故

在九七倒數的日子裏，我們聽到很多不同版本的香港故事；聽不順耳、看不順眼的不少。面對這樣的局面，我覺得回應的方法只有一套——就是參與編寫不同的香港故事。只有這樣做，才可以凸顯香港故事並非只有一套說法。究竟哪一套最為受落？這不是最重要的問題；更重要的是：人人講故，人人駁故。

香港故事是多個不同版本的故事。

唔該，埋單

5.　香港故事不易講

　　很多人認為「香港故事」不易講，這一點並不難理解。事實上，近年不少人嘗試為香港社會發展的歷史做總結，所做的很大程度上只是對所謂「香港精神」不同方面的描述；至於較完整的整理——例如將「香港精神」的各方面串連成為一個完整的故事，仍然欠奉。我感到奇怪的，不是「香港故事」總是未能講出來，而是我們對於這個故事不易講的原因，也不能清楚交代。

　　為甚麼「香港故事」會如此難講，我相信原因很多。但其中一個原因，是我們對於本地意識在七十年代抬頭及其於八十年時代面對的九七問題時表現得搖擺不定的情況，並未能夠提出一個解釋。我想說的是，在七十年代期間快速發展起來的「香港意識」，一到八十年代初期遇上九七前途問題的時候，不但沒有在新的政治環境裏結合其他訴求而內容有所豐富，反而是全面退卻。在當時香港社會的主流意見裏，一是全面自保，力求保持現狀，將「香港精神」、「本地意識」和文化還原為「資本主義制度的生活方式」，具體落實《基本法》第五條。另一則是肯定香港生活方式及文化的吸引

力，但在個人考慮方面，卻是先買「政治保險」(移民)，其他容後再談。

大難臨頭，各自「執生」，這肯定是香港人性格的一個重要面向。任何對移民潮的道德譴責，均未能在整個社會層面上引起反響。這批移民將香港的生活方式帶到其他海外華人社區，甚至將那些地方「香港化」。至於他們(其中不少已回流返港)與香港社會的關係，則保持一種個人與社會劃清界線的狀態；他們愛在香港生活，卻不一定講道義、承擔。當然，這種心態並非只限於香港移民獨有，一般香港人的生活態度也是這樣——「八仙過海，各顯神通」，各有各「執生」、「搵食」，誰也沒有欠了誰。

上述兩種不同的反應，本身就是「香港意識」的反映。更直接說，當愈來愈自覺認同香港的香港人，要以香港人的身份來面對整個社會的前途問題時，卻沒法以「香港精神」、「本土意識」為基礎將訴求表達出來。可以這樣說，這是一種自我矛盾的狀態。要解答為甚麼「香港故事」不易講的問題，我們必須從這個自我矛盾的現象入手，從中找出因由。

唔該，埋單

雙重身份的失落

香港是一個移民社會，從來如是：唯一例外的一段時間，大概只有一九八〇年取消「抵壘政策」及以後兩三年的日子——那個時侯，我們真的相信香港社會終於可以控制人口的進出，擁有一個固定的本地人口。九七問題刺激而產生的外向移民潮出現之後，人口的流動又再次引起關注，提醒我們原來自己一直與香港的關係，都只是一個居民與居住地點的關係而已，遷徙是我們生活(直接的或間接的)經驗的一部份。

當然，這個移民社會一直在變，而最重要的轉變，是到了七十年代，不少香港人開始接受香港是一處可以落地生根的地方。七十年代以前，香港是一個由逃避戰亂，試圖在國共鬥爭中尋找生存空間的移民社會。有關五十年代中期香港居民(難民及本地居民)的生活狀況，可從韓保茹博士(Edvard Hambro)為聯合國救濟難民高級專員公署所撰的調查報告(《香港的中國難民》，一九五五年出版)窺見一斑。

該報告書提醒我們，在了解當年移民的生活經驗時，必須注意兩方面：一方面是這些新移民經歷到的地理流動及相關的認同轉移；簡單的說，他們離開了自己的國家，成了暫時居住在一處英國殖民地的中國人。另

一方面，這些離開原來熟悉社區的中國人，在遷移至新環境的過程中，不少人都經歷着下向的社會流動，社會地位下降。

The Problem of Chinese Refugees in Hong Kong 一書指出：「在他們抵港之後，移民都經歷了相當明顯的職業結構轉變；(一) 差不多全部農民都要轉業，他們主要轉往當其他體力勞動的職業；(二) 體力勞動職業的比例有顯著的上升；(三) 較高等職業的比例顯著下降；(四) 失業人口的比例大幅上升。」(頁45)

在各類移民之中，平均有百分之十六點二可以做回他們原來或地位相若的工作，有小部份人可以改善其社會地位，但大多數則在社會階梯上經歷降格的痛苦。換句話說，不少戰後來港的移民都曾經歷過這種雙重身份的失落——他們是在這處英國殖民地暫居的中國人，也是一批在遷徙過程中社會地位下降的移民。在我個人看來，最能捕捉這種雙重身份失樂的是粵語長片《父母心》(一九五五)，電影裏馬師曾的角色講出了當時移民所處的境況及他們的種種悲情。

這個雙重身份失落的情況，在一九五六年發表的《九龍及荃灣暴動報告書》亦有提及：「目前在本港居住之難民包括各等級人士；大部份係曾經享過優越生活之窮人，例如在國民黨政府時期，在中國係為業主、商

人、官員或軍人者；彼輩對恢復其以前在中國過活日子希望甚微，而其氣質亦往往因其所處逆境而加壞。此為亡命異地者之常事。」

這種情況到六十年代中期仍未有顯著的改變。有趣的是，現在我們事後回顧香港人的經歷，很容易會用現在的觀點來理解歷史的路徑，忘了今天一般人認為香港是一處充滿機會的地方，在昔日的香港未必是理所當然的。五十年代那種流徙異地的情緒或者會因時間而慢慢沖淡，因年青一代 (所謂「戰後嬰兒潮」的一代人) 的成長而逐漸出現變化；但在六十年代的香港社會，一種以香港為安居樂業的地方的感覺——香港為家的心態——仍未見普及。

事實上，對很多人來說，香港作為一個殖民地、一個仍在經濟起飛的問題上，處於掙扎階段的社會，生活並不易過。根據密契爾 (Robert Mitchell) 在一九六七年初夏所搜集之調查資料 (該項調查為「香港都市家庭生活研究」，而有關社會流動的資料，可參考密契爾所寫《東南亞都市居民情緒緊張狀態》一書)，只有百分之十六的被訪者，認為自己有「很多或一些機會可以在事業上成功發展」。

根據密契爾的分析，一九六七年的成年人口當中，有不少是有地位下降的社會流動經驗的：「當整個男性

成年人口都包括在我們的考慮時，就算連從事農業工作的父親亦計算在內，香港依然是有(相對於其他亞洲地區)最高的下向社會流動率。當這些父親計算在內，有百分之三十五的兒子的工作是低於他們父親的層分；若不包括這些父親來計算，則有百分之四十四的兒子經歷了下向的社會流動。」

在密契爾眼中，六十年代中期的香港社會不單是經濟發展水平限制了流動的機會；更重要的是，就業的制度強調中介人的角色(百分之三十的被訪者表示，他們需要透過人事介紹——例如由一位店主承諾當擔保人——才能取得現有之職位)，這種入職的安排，大大減低了職業結構的開放性。簡而言之，這些結構性的因素，是產生上述悲觀主義的社會條件。

六十年代暴動造成的影響

密契爾的研究為了解六十年代中期的騷動和暴動提供了一些線索。社會結構開放程度有限，市民主觀上抱持悲觀態度，再加上當年的僱傭條件、工作環境和殖民地統治等等因素，六十年代中期的香港社會，可以說是潛伏種種引發動亂的種子。

一九六六年九龍騷動由蘇守忠的絕食抗議引發，其

唔該，埋單

中原因相當複雜，但上述潛伏的不滿情緒肯定有關。至於一九六七年暴動，雖然明顯地受到中國大陸的政治氣候及意識形態所支配，但左派群眾的情緒，並不能完全由意識形態因素來解釋；而非左派人士(至少在暴動初期)袖手旁觀，亦可見當時殖民地政府及其社會制度，並未完全為市民所接受。

如果民眾的不滿情緒是六十年代中期的騷動和暴動的背景因素之一，那麼一九六七年暴動所帶來的兩極化局面，卻為後來發展出來的「本地意識」提供了一個起步點。誠如 Ian Scott 在其著作 *Political Change and Crisis of Legitimacy in Hong Kong* 所指出：「諷刺地，考慮到共產主義者原來的目標，暴動的後果卻是強化了現存制度的支持程度及認受性。要在文化大革命的共產主義與當時仍未改革的殖民地資本主義國家機器作出選擇，大部份人選擇了站在他們熟悉但可厭的一方。」

經歷過一九六六年騷動及一九六七年暴動的香港政府，事後在多方面進行改革，以化解多年累積的不滿情緒。現在事後看來，我們明白當年多項官方改革(例如設立民政司署、推出「香港節」)，既無法將民眾的訴求納入官方的渠道(七十年代湧現的社區鬥爭是有力的說明)，亦無法在民眾中培養歸屬感(「香港節」無疾而終是一個案例)。這麼說並不是要否定兩次騷動、暴動對香港社會

所造成的衝擊，問題是衝擊過後，在當時殖民地管治的框框裏，並未有條件可以為「本地意識」的發展提供所需養份。

後來發展起來的學生運動，可以說是一九六六年騷動所展示年輕一代訴求的接棒者。但這運動在尋找認同對象的過程之中，是先走民族主義的方向，而及後才轉為本地主位的方向，亦是建立在批判殖民地統治的基礎之上。至於官方的活動，根本未能做到民眾動員、加強歸屬感的效果。今天我們所見的「香港意識」，根本不是殖民地政府從上而下的宣傳工作所直接造成的產物。

正當積極的大專學生們以認識中國來找尋認同之時，一般民眾卻靜靜地發展出一種以香港為家的想法。羅雪萊 (Rosen) 在研究美孚新邨的中產階家庭的報告中，就表示在七十年代初香港中層階級家庭的狀況，其實可以理解為香港家庭逐步在這個經濟高速發展的殖民地安頓下來的集體經驗：「香港的生活給個人及他們的家庭提供了取得經濟穩定的途徑，而美孚的住戶可以說是為其他香港同胞作出了示範，說明了這種穩定的生活是可以怎樣取得的。這不是因為他們極之富有；事實上，他們大部份都不是極之有錢。他們之所以達到這個階段的安全感及富裕，是他們都經過一段很長的路途：從中國的故鄉逃跑到香港來，而到香港之後，又從工廠的

工作、廉租的房屋，沿階梯爬升到白領工作，可以在美孚置業。美孚生活模式所提供的安全感，在於它給予那些爬上了這層階梯的人士一種自由，使他們可以對自己的生活有一定的控制，他們當中不少已經或將會成為移民，但沒有人會再成為難民。」(引自 *Mei Foo Sun Chuen: Middle-class Chinese Families in Transition,* 頁 209)

七十年代經濟模塑了新一代的香港人

往後的，已是歷史了。七十年代的香港社會，是戰後來港的移民家庭集體地進入另一個階段的時期。低下階層的家庭，透過總動員的方法，以子女長大後出外所帶回來的「家用」，使整個家庭的生活質素有所改善。而小白領或中產階級的家庭，則幫助孩子們透過教育渠道取得學歷，造就了戰後出生一代的年輕中產階級。這些粗略的描寫，當然會將戰後香港家庭的經歷簡化了很多；但相信亦足夠幫助我們了解，七十年代中期香港社會的「社會時間」，與一般市民的「家庭時間」剛好匯於一點——前者是經濟發展進入了一個新階段，並透過經濟增長給社會結構增添了中上層位置，為上向社會流動創造了基本條件；而後者則是新生一代剛好生得逢時，充份掌握了握了社會結構轉型所帶來的機會。

從七十年代中期開始，香港變成了一處人人有機會的地方(至少很多香港人有這樣的主觀理解)，而一般市民也由從前那種悲觀心情轉向樂觀主義。在香港生活，變成一種很多人都享受的生活經驗。

　　對！我是想強調經濟發展及社會流動經驗對構成「本地意識」及認同的影響。但我這樣說並不表示我認為「本土意識」及認同的出現，就只是由經濟因素決定那麼簡單；其他因素的作用，我也是絕對肯定的。可是，我也須要強調，從經濟因素來看這個問題，吸引之處在於它能幫助我們了解「香港意識」的基本性質。「香港意識」本身就是缺乏一個中心——它既不是反叛意識(例如反抗港英殖民地管治)，也不是一套既有文化的延續；當香港人在八十年代要面對九七問題而無法表達出一種集體訴求的時候，那正好說明了「香港意識」本身的淺薄。

　　我無意特別貶低香港人與「香港意識」。自己作為香港人，對香港人和香港社會不單有強烈的認同感，亦對我們的成就有所肯定。漢元在《香港的最後一程》裏指出「香港人並不詛咒」，這是香港人的優點；香港社會怨氣不重，尚能兼容，這也是很多人喜歡香港的原因。但談過優點之後，我們也得承認，這也是一個「大難臨頭各自飛」的社會。

要移民的可以一走了之，然後又回流香港繼續賺錢，原因是「香港意識」本身就是強調香港是一處充滿機會的地方。移民所怨的，不是怨自己無力為香港做點事，無法保住一個自由、開放的社會，而是怨移民的過程引致經濟損失，怨上天弄人，當香港最好景的時候，他們卻要去不景氣的加拿大、澳洲。至於提出要保持香港社會不變者，他們將香港社會的各種元素還原為「資本主義制度的生活方式」，原來香港的吸引力就只在於公平交換、盡量令消費者感到方便的安排（「半夜都有雲吞麵食」），消閒生活更多姿多彩而已。所謂「香港意識」，原來只是在香港生活的經驗。很多人都覺得這種經驗很好，但卻並非很多人會願意為保存這種經驗而有所付出。

　　「香港故事」之所以不易講，很大程度上是因為我們不想承認「香港意識」本身的淺薄。

6. 《香港滄桑》的大歷史觀

　　坐在電視機前看本地網絡轉播中央電視台攝製的《香港滄桑》，心裏一直在想：究竟內地觀眾會怎樣看這套關於香港社會的電視特輯？我們香港觀眾又怎樣理解這種以中國為主位而發展出來的香港歷史論述呢？《香港滄桑》這套電視片本身，可以説是無甚瞄頭；但作為中央電視台制作的節目，於九七回歸前廣泛在國內播放的香港特輯，它有一定的參考價值。《香港滄桑》可供參考之處，是它説明了一種觀點——以中國大陸為本位來看香港歷史的觀點。

　　在香港看《香港滄桑》，感覺上是兩種歷史觀作正面接觸。在那一邊是一套從中國近代百年史的觀點出發，以宏觀的、整體的民族歷史的角度來看待香港社會的變遷；而這一邊則是強調當代的、微觀的、經驗層面的歷史總結。這兩種歷史觀之間，不存在對或錯的問題，也不一定要決定哪一種觀點比較優越。但它們正面接觸之時，卻明顯地呈現出它們背後的文化差異。

脫離民族母體的「滄桑」

　　《香港滄桑》代表前一種「大歷史」觀點。在這套電視片裏的香港故事，是民族歷史中一段令中國人感到屈辱的歷史。從這個角度出發，〈序篇〉一集過後，第一集《香港滄桑》的題目順理成章就是〈勿忘國恥〉。而第一集的內容，也直接以水坑口街的英文名稱 Possession Street 做引子，講出當年英國人強佔香港及後來以武力迫清政府簽訂各條不平等條約的經過，香港的故事便由列強侵華講起。

　　基於這套「大歷史」的論述，在〈序篇〉裏我們可以看到羅康瑞先生接受訪問時談到中國人在殖民地統治下以二等公民身份生活，而感慨一番。同樣，在〈序篇〉裏我們也可以看到香港華人在中國傳統節日中一家團聚、樂在其中，或急不及待回鄉探親，體驗「中華民族的向心力」的鏡頭。這些鏡頭的旁白，強調的是華人在一百五十年殖民地統治下脫離民族「母體」的滄桑。

　　既然是百年滄桑，「大歷史」論述的特點就是要查根究底，跟英國殖民地統治算舊賬。這種「大歷史」論述的反殖民地意識，表現於兩點：一是中國人在殖民地統治下生活的滄桑感；二是將當代香港社會的成就，與殖民地制度的條件劃分開來，將兩者分開處理。但無論是哪一種表

現形式，反殖民地主義都是這個特輯的大前提。

作為一個在戰後香港社會土生土長的中國人，我是無法投入《香港滄桑》的論述框框之中的。這樣說並不表示我對英國殖民地統治有好感。事實上在六十年代至七十年代中期長大的生活經驗，總叫我意識到殖民地制度的存在及其封閉、不平等的性質。在日常生活的細節中(例如中、小學課本裏那些陌生的英國度量衡單位)，以政治、社會制度上的不平等(例如那地位超然、不受民意影響的政治權力核心，又或者重英輕中的語文政策)，我們都可以感受到殖民地制度的傾斜格局。可是，情況到七十年代中期逐漸發生變化。

民情的轉向

七十年代中期香港社會民情的重要變化，在於市民開始對殖民地政府的態度有明顯的改變。這種民情轉向的情況，絕非三言兩語所能交代清楚。簡單的說，我們可以從兩個方面來理解七十年代中期出現的轉變。一方面，港英政府在一九六六年九龍騷動及一九六七年暴動後，有見於社會內部潛伏各種矛盾及其可引發之衝突，便進行各種行政、社會政策方面的改良工作，麥理浩出任港督以後，順應這種改變方向再將各種改革推前一

步，確立這個行政國家機器 (administrative state) 的理性化改革方向。

另一方面，本地社會運動的興起，肯定對殖民地政府造成一定的壓力，迫使這個官僚體制對公眾的反對意見加強反應。兩方面的轉變帶來了港英政府在行政方法及具體政策安排方面的改革。與此同時，香港經濟的發展已從早期的工業化更上一層樓，開始成為亞洲地區的一個財經中心。經濟環境的改善與政府改革配合起來，造成了一個全新的社會形勢——這個時期的民情轉向，就是市民逐漸改變了他們對港英殖民地統治的看法。

從七十年代中期開始，港英殖民地政府被市民視為一個並不開放，但會對民意有所反應，並向公眾交代的政府；更重要的是，這是一個有效率，能促進經濟發展的政府。以前「殖民地」一詞等同為封閉的政治制度，以強硬的手段進行管治、貪污、壓制本地人的發展機會等等；到七十年代中期，顯然是出現了一種殖民地主義與殖民地管治分離的情況。經濟環境的改善進一步強化了這種工具主義的心態——殖民地政府的本質的問題逐漸淡化，而市民的興趣是要了解港英政府是不是一個有效率、相對廉潔、繼續維持經濟增長、能保持一定政治穩定性，但又向公眾交代的政府。可以這樣説，自七十年代中期開始，殖民地主義的課題便漸漸淡出了。客觀

上，港英政府的殖民地本質是沒有改變的；在憲政上殖民地政府最終是向英女皇負責。可是在市民的意識裏，這個關於殖民地主義的問題，已逐漸失去了它的相關性。只有這種民情轉向情況的出現，才會令政府的管治效率、廉潔程度、維持政治穩定性及經濟增長的能力等問題，變成了七十年代後期、八十年代政治討論的主導框框。

上文談論這個民情轉向的情況，旨在說明為何《香港滄桑》那套「大歷史」論述無法引起港人共鳴。《香港滄桑》裏面那種「一切均由一八四一年開始說起」的觀點，基本上未能觸及香港人在過去二十年的生活經驗。從一個以中國大陸為主位的角度出發，講香港一百五十年的滄桑史似乎是理所當然的；但對很多香港人來說，確定了它的殖民地歷史及性質之後，那又怎樣？從一個香港人的角度來看《香港滄桑》，我們不難理解殖民地歷史及其黑暗面；但問題是當話題一轉到當代香港社會的發展狀況時，那種「本質論」的推理便無法將整個香港故事貫串起來。也就基於這個原因，香港人在看《香港滄桑》以民族歷史來總結一百五十年殖民地統治時，感覺是這樣遙遠的，脫離生活體驗的，以政治意識形態壓倒其他觀點的一種論述。

從生活經驗出發

　　對香港人而言，《香港滄桑》裏面那種批判殖民地主義的論述實在搔不到癢處。香港人面對九七，試圖總結這段歷史時，傾向是從生活經驗出發，重拾香港生活情懷。這種強調生活經驗層面、主觀感受、微觀的歷史總結手法，與《香港滄桑》那種「大歷史」觀點比較，有着強烈的對比。香港人那種從生活經驗出發的歷史總結工作，其用意其實不難理解；香港人想做到的，是要總結在香港生活的感受──究竟在香港生活，是一種 (或多種) 怎樣的經驗？面對九七的來臨，這種提問的方法隱約潛在着一種九七前後對比的考慮。

　　由下而上的生活經驗總結，在取向上絕對比一切以中國為主位的歷史觀來得有趣，容易引起港人共鳴。但當這種取向擺向另一極端的時候，也是很有問題的。我想說的是這種強調生活經驗的取向，很容易便將歷史變成掌故，生活經驗的反思變成個人感覺上的印象、好惡。這樣，懷舊表現為一種有選擇性的向後望經驗的整合，並將生活經驗抽離於當時具體的歷史環境。直接地說，就是缺乏了一種歷史自覺，單憑印象來總結經驗，而忘記當年市民所抱持的態度和觀點。

　　我在上文已經提過，在這裏有需要一再強調的，是

今天很多市民對香港社會的看法，主要是在七十年代中期以後才變成這一套的。在七十代中期以前，很多市民都對港英政府缺乏信任，同時亦不大相信香港是一處可以發展個人事業或家庭的理想地方。但現在不知是九七的催促，還是在不安的情緒推動下，對於香港歷史的整理，都毫無批判地憑九十年代的感覺出發，迴避了當年歷史環境下的政治、社會問題，將香港歷史變成了一種「非歷史」的印象整理。

如果「大歷史」觀的問題是「一切都從一八四一年說起」，單憑政治及意識形態考慮來批判殖民地主對的話；那麼，從生活經驗出發的觀點則表現出一種搖擺不定的不確定性，很容易走向過份強調印象，而將香港歷史抽離於它的原來背景。前者的問題在於其「本質論」的取向，將大大小小的事情、不同的香港生活經驗、統統套入反殖民地主義的框框；後者的問題則在於缺乏一種對歷史、政治環境的觸覺，甚至害怕對不同時期的香港社會作出評語、判斷——如此這般，這類論述只見生活細節，卻沒有為理解各種瑣碎事情提供一個歷史背景。

唔該，埋單

7. 非歷史性的殖民地成功故事

香港得以成功，是多種因素組合的結果。香港是個中國人的城市。這個城市能有今日的成就，是因為這裏的中國人不僅有才能，而且勤奮工作。香港也是個由英國管治了一個半世紀的城市。在香港，我們建立了一個忠於我們的政治價值觀的管治制度……我們為香港社會、法律和經濟所建立的價值觀和所施行的政策，讓香港人有機會充份發揮他們沖天的幹勁和傑出的才華，在一個公平公正、人人守法、秩序井然的社會裏努力向上，盡展所長，求取佳績。托克維爾是我最欣賞的政治哲學家，他對世情有不少精闢的見解，而我認為以下一段我以前也引述過的話，恰好道出了香港成功的關鍵：「『你想測定一個地方的人是否善於經營工商業？』他問道。『你用不着測量那裏的港口有多深……只要有營商精神，這些東西便一應俱全；否則，這些東西會變得毫無價值。你要察看的，是這個地方的法律有沒有賦予人們勇氣去締造繁榮；賦予他們自由去保持繁榮；賦予他們理性和習性去追求繁榮；以及給予他們保證，讓他們得享繁榮的成

果』」治港之道，向來如此。

（彭定康，《過渡中的香港》，1996年）

九七臨近，上下左右，各路人馬均忙着為香港歷史做總結。

最新加入這場歷史討論的，是港督彭定康先生。在他近期發表的施政報告（題目為《過渡中的香港》）裏面，彭定康除了交代工作進度和政策大綱之外，還談到「香港的成功故事」。

彭定康的「香港的成功故事」，可以商榷之處甚多。限於篇幅，我不打算在此引述多份社會研究報告及統計數字，來批評他的分析。在這裏我想討論的，是彭定康在施政報告所推出的一種觀點——香港社會的成功基礎，就是建立在英國管治下的社會、經濟、政治及法律框框，及中國人個人的才能及勤奮之上。這種觀點其實無甚新意。自七十年代初開始，香港社會便流傳着這樣的一套意識形態，認為機會加上個人努力，就可以帶來成功。今天，彭定康所做的是在這套意識形態上添上一筆——所謂機會，就是英國管治下社會、經濟、政治及法律制度所帶的空間。

批判殖民地主義

　　在未討論彭定康所講的「香港的成功故事」之前，有一點背景資料是必須在此略作補充的。正如前文提及，在九七過渡的日子，不同的權力及利益集團都參加了有關香港歷史的討論；並在討論的過程之中，投射出他們的政治立場及意識形態。所以，在彭定康高談「香港的成功故事」的同時，另一陣營已開始了「批判殖民地主義」的討論。這種「批判殖民地主義」的論述剛好從另一種立場出發，強調香港成功故事背後，是中國默默的支持。香港之所以有驕人成就，不是因為有英國管治，而是在於中國因素。根據這種論述，香港的成功故事實際與殖民地制度無關。與殖民地劃清界線，是這套「批判殖民地主義」論述的主題。

　　作為身處兩大政治陣營中間的香港人，我既無興趣為殖民地制度辯護，但亦不會為反而反，要在香港的歷史發展中清除一切與殖民地相關的元素。事實上，我們生活經驗與上述兩種觀點所描述的情況，均有很大的出入。就彭定康所講的「英國管治加上中國人的才能和勤奮等於成功」這條方程式，首先要指出的是，香港的幸運在於它並不是一處天然資源豐富的地方；不然，正如我們從其他英國殖民地所見，英國人的殖民地管治完全

可以是另一套——擺明車馬的經濟剝削，直接高壓的政治手段等。

關於這一點，香港作為一處中國貿易的中途站，一個通商轉口港，可以看作是一份福氣。在這樣的經濟結構下，英國人才會實行以華制華的「共治」管治形式；以較為間接的手法，來推行經濟及政治的控制。

第二，推動香港走上工業化道路及後來財經服務的發展，一不是因為受到英國的特別照顧（例如以英國為主要的工業出口的市場），二亦不能簡單地還原為英國管治的效用。香港之所以是一個成功的工業城市及以後轉型為以財經及商業服務為主的「世界都市」，主要是因為她扣上了第二次世界大戰結束後的國際經濟形勢，緊貼經濟活動的全球發展趨勢，找到她的生存空間。在這個經濟發展的過程之中，英國管治的制度安排無可否認對香港扣上國際經濟的大環境，是影響重大的積極因素；但將這種制度安排抽離於大環境及其他本地因素（例如工人階級對工業化的適應），並單從英國管治的制度元素來解釋香港社會的經濟成就，這肯定是有所偏差的分析。

第三，英國管治下的香港社會，是一個傾斜性的社會制度。市場主導的經濟制度雖然鼓勵個人創業，但在經濟資本、教育機會及社會關係等資源不平等分配的情況下，並不是人人有相同的條件去利用經濟發展過程中

所出現的機會，爭取改善個人生活。這個不平等現象是長期存在的。七、八十年代經濟發展步伐急速，令一般人都接受「機會加個人努力便可以取得成功」的意識形態。但到了九十年代中，戰後的香港經濟剛好完成了工業發展的周期——由工業化到去工業化，工廠北移；而工業轉移所連帶的各種問題，正陸續浮現。中年工人、婦女勞工和轉型過程中失業工人的處境，正好說明一個事實：一些勤奮、努力工作的勞工，因為環境轉變而機會不再，逐步陷入經濟困難的惡劣處境；這些人都不是不願意努力工作，但他們在經濟上卻逐步陷入困難當中。這叫我們認真反省到，其實「香港的成功故事」背後有着另一面的現實。

　　第四，殖民地管治下的政治發展，其實是一種扭曲的形態。長期封閉的政治制度，令香港出現了不少為求保護個人或集團利益，而不講原則，甘願在權威政治下找生活的政治人物。在主權轉移的過程之中，這類政治人物紛紛由港英殖民地系統轉投另一陣營。這種情況不但是對殖民地政治的一種諷刺，也有力地說明了殖民地管治下扭曲的政治參與所帶來的長遠惡果。面對九七過渡港人表現的政治無奈，除了因為中英雙方進行談判時沒有考慮港人利益和意願之外，也是缺乏政治領袖和獨立的政治活動空間的反映。

我想説的是，彭定康所講的「香港的成功故事」最多只是講出了現實的一部份；更重要的是，是香港的成功故事，並非從香港成為英國殖民地便已經是這樣，由上以下所推動的成果。我們在九七前夕所見到的香港社會環境，並不是自從有殖民地統治便是這樣。殖民地制度本身是出現過變化的，而香港市民在推動 (或應説施以壓力以求出現改革) 這些轉變，有其一定的角色。今天港人所珍惜的香港生活方式，主要是由市民在日常生活中爭取得來的。香港的經濟成就和自由的生活方式，從來就不是一種設計，而是香港人善於鑽營，不斷尋求活動空間所拓展而成的。若説近二十年港英管治愈來愈照顧港人尋找事業發展的空間，並且加強了透明度；那其實應該説是港英政府在這些年來面向港人的時候，不得不進行制度上的理性改良。

　　我一再強調的，是「香港的成功故事」，不是殖民地制度本身的成功故事。如果我們真的將香港社會的發展經驗套入「成功故事」的框框的話，這個故事其實是香港人追尋並參與建立一個較理想的社會環境的過程。彭定康的觀點，説不出香港人在這個故事裏的角色。

　　但在批判彭定康「香港的成功故事」的時候，我們要小心犯上走向另一個極端的錯誤。今天香港人所要做的反省，並不是要與殖民主義劃清界線，為了九七問題

而批判一切與殖民地有關的制度。現在我們所需的，是一種嶄新的視野——一種從香港人的角度和生活經驗來理解香港發展經驗的視野。

II.   家

七十年代中以後的社會新秩序
使香港成為一處充滿機會的地方
我這一輩喜歡在人面前說
「我在屋邨長大」
那是因為
我們都能夠把握香港經濟發展所提供的機會
大聲說「在屋邨長大」
就像要向人家表明
自己是靠個人努力
爭取成就

8. 屋邨生活的啟示

　　現時，很多人所講的「在屋邨長大」的經驗，其實主要是講五十年代至七十年代間，大量本地少年在香港政府興建的公共房屋裏成長起來的經驗。他們的父母大多數是戰後從中國來港的移民——其中多數從來沒有想過會在香港長住幾十年，但卻急切要在香港尋找一處棲身之所。而這批少男少女則在同一個過程之中，不知不覺地在屋邨生活，與同齡的鄰居一起成長，於屋邨所在的學校裏學習，並且為自己的未來找機會。一年復一年，時間過去了，而屋邨生活也逐漸產生了一套模式。

　　他們在有限的居住和活動面積裏找到了自己的生活空間——球場、石製乒乓球枱周圍、「電梯口」(即升降機對開的空間)……是他們工餘、課餘、飯後長駐的地方。他們明白屋邨範圍內有些地方是不太安全的，不宜單獨出入；但在了解屋邨佈局的過程中，他們認識了自己居住的社區，同時也不自覺地擁有了一種社區感。屋邨變成了社區，而在這個環境裏長大的年青人，有些已忘記了徙置區那種應付火災及救濟災民的緊急應變性格(經過多年，他們已懂得如何適應簡陋設備的屋邨生活)；

有些則經歷木屋、安置區的臨時房屋生活，已肯定了公共屋邨是他們安身之所。如此這般，他們在屋邨的環境裏長大。

我想說的，是「在屋邨長大」的經驗有其歷史時空意義的。

以前，我沒有注意到這一點。最近與七十年代中期出生的學生談起屋邨生活，才明白到我那一代人所講的「在屋邨長大」經驗，基本上是指在一九七二年之前興建的市區屋邨的成長經驗；「在屋邨長大」的歷史及社會環境，正是香港社會的經濟起飛階段，亦是本地人口中戰後出生一代的成長期。屋邨生活的變化，將宏觀的社會環境轉變與個別家庭及個人的生命歷程串連起來。在這段時間裏，很多家庭從尋找棲身之所，轉變為認定了這是落地生根的地方；在同一段時間裏，很多家庭也過渡了五、六十年代為基本生活條件而奔波的階段。它們在不同的生活領域裏打開了新的局面，在香港社會找到了機會與希望。在這個大環境裏面，屋邨居民找到了安居之所，同時亦產生了「家在香港」的感覺。

現在回頭再看，這種「家在香港」的感覺及以香港為家的家庭策略並不是在戰後初期便普遍存在的。從屋邨生活去看「家在香港」感覺的出現，就是要將香港意識的產生放在現實生活和經驗裏。所謂「家在香港」，

意思是說戰後來港的移民及他們的子女在這地方落地生根，不再視香港為一處暫居地，而是會留下來作長遠發展和生活的地方；而與此同時，他們在香港建立了家庭，也找到了可以安居樂業的居所。儘管屋邨的環境不令人完全滿意，但它們是屋邨居民安身之所——公屋居民的家。這種感覺到六十年代後期、七十年代初才成形。

對七十年代中期出生的年輕人來說，屋邨生活又是另一種經驗，另一種景觀。

這裏不涉及兩種屋邨生活經驗孰優孰劣的問題，我感興趣的是一九七二年以前屋邨生活的象徵是市區的徙置大廈，而一九七二年以後的則是新市鎮的新型公共屋邨。這個講法可能將很多事情都簡化了，但作用是凸顯兩種不同時期的屋邨經驗的特點。前者是五、六十年代香港家庭從找尋棲身之所到在這裏落地生根的經驗，而後者則是七、八十年代間香港社會人口內部流動的經驗。

新市鎮的發展當然也是一次大規模的徙置過程——由居住在木屋區、安置區，居民逐步找到「上樓」的機會，但這個徙置過程跟五、六十年代的經驗有所不同。

新型屋邨都是齊齊整整的，每個居住單位都有它的廚房、廁所、浴室設備。搬進新型屋邨是一次改善居住環境的經驗，而不再只是找尋一處落腳地方的過程。如果說八十年代的公共屋邨仍保持一種過渡的性格，那是

因為香港市民對生活的要求提高了，「上樓」雖然是好事，但更好的是可以搬上「居屋」，甚至是「私家樓」。

　　說屋邨生活是香港文化一個重要部份，相信不會引起太多爭論。在七十年代關於公屋的新聞片，多是說明在高人口密度下生活的苦況。那時大學生往舊區公屋做家訪，目的是要組織居民改善生活環境；現在，到屋邨家訪，是外來遊客的一個旅遊項目。在屋邨建立的家，原來是可以供外人參觀的事物。

9. 家在香港

連續看了好幾套有關房屋問題的新聞紀錄片 (包括本地官方、民間及電視台所攝製的作品)，發覺這個題材實有其引人之處。一方面，它是外國人眼中香港社會的一項驕人成就：經濟的「奇迹」固然為人所矚目，而面對人口的壓力，香港能夠「解決」房屋問題，同樣叫人感到驚訝。另一方面，搬遷徙置是香港市民群眾記憶的一個重要部份，也是一種集體的經驗。我們談論當代香港社會的生活狀況時，不可能不觸及房屋問題。更有趣的是，從戰後至今的幾十年間，香港發生了重大的變化，當初因逃避戰亂而來港的難民，結果在這塊殖民地上安頓下來，一直生活至今。而人口組合的變化 (例如土生土長一代的成長)，加上政治的因素，香港逐漸走上其獨特的發展道路，帶來今日「現代社會」的社會形態。基於這個社會發展的經驗，房屋問題的論述也就包含了另一層意義：香港市民所經歷的搬遷徙置過程，並不單是一次居住單位的調配，也是一次建立家園，安居落戶的經驗。

唔該，埋單

早期香港房屋新聞片

香港政府新聞處攝製有關房屋問題的新聞紀錄片，往往便以公共房屋不單給市民提供棲身之所，同時也為土生一代建立家園作為論述的主題。

以《與人口賽跑》(一九六六) 和《安居之所》(一九七四) 為題的兩套紀錄片，分別介紹了政府政策在不同時期的發展。正如其片名所顯示，《與人口賽跑》指出興建徙置區不僅幫助解決由於人口增加而造成的房屋問題，同時也給市民改善了居住環境。在這套紀錄片的前半段，我們可以見到天台僭建寮屋及山邊木屋，另外又可看到木屋居民利用公共水龍頭輪候食水的鏡頭。這些由於戰後人口迅速增加而帶來的房屋問題，結果因一場石硤尾大火而促使政府制訂應付問題的政策，開始興建徙置區。而鏡頭一轉，我們見到徙置區內社區生活的狀況，正如片中旁白所說：「父親放工回家休息，子女下課歸家，一家人在新的環境裏過着新的生活，建立了新的家園。」

另一套宣傳徙置政策的紀錄短片《喬遷之喜》(估計在一九六八年間拍攝，部份片段經過濃縮後收於一輯《今日香港》的新聞片之內)，跟《與人口賽跑》可以說互相呼應。它介紹了一個住在油麻地舊樓的家庭遷往牛

頭角新區的過程。油麻地舊樓的居住環境不但擠迫(三層「碌架床」、公用的廚房),而且還是一間山寨紡織廠;牛頭角新區的情況卻剛好相反,那裏是獨立單位,住戶擁有較多的私人空間。經過搬遷之後,這一家人就在牛頭角過着新的生活,努力經營這個新的家園。

到了七十年代,經過二十年的發展,公共房屋已有一定的規模,而房屋政策亦逐步建立了一套運作的邏輯。《安居之所》可以說是代表了政府在訂立「十年建屋計劃」初期的房屋政策紀錄片。片中見到剛入伙的愛民邨、改良的臨時房屋區、重建的舊型徙置區、改善了的屋邨社區環境(例如小販問題),都是當年房屋委員會經過改組後所推出「新政」的成績。與《與人口賽跑》、《喬遷之喜》及片中初段旺角私人舊式樓宇的居住環境比較,公共房屋對改善居住問題有一定的貢獻。但《安居之所》一片所強調的,並不只是公共房屋為市民提供合理的居住條件,而且還包括房屋政策——移山填海,發展新市鎮,對拓展香港市郊地區的作用。

《安居之所》的旁白說,要解決房屋問題,必須要有長遠發展的眼光,影片本身就是要說明這一點。政府興建公共房屋的政策,始於一九五三年石硤尾的一場大火;但從一九七三年的角度來看,過去二十年的發展,都可以理解為公共房屋的逐步擴展。就是最早期的徙置

區，也被看待為「因安置災民而急速建成，所以設備簡陋」；逐漸改善公屋居住環境，進一步擴展公屋，都變成是「歷史的必然」。當然，可以說這是從現在的角度看過去的歷史發展，憑事後的認識而發展出來的一套對歷史秩序的理解；但問題是，時至今日，這已經成為主導的意識形態。

這些新聞紀錄片除了編製公共房屋的發展史之外，同時也整理了戰後市民在香港安頓下來的經驗。《與人口賽跑》和《安居之所》都不約而同地指出人口增長與興建公屋的關係；但必須指出的一點是，它們所重視的並不是一般人口的增長，而是戰後出生的新生代。《與人口賽跑》便指出當時的人口中，有七分之一為十四歲或以下的年青人，「他們是香港值得驕傲的一代」。而《安居之所》的旁白，亦直接說明過半數人口屬二十五歲或以下的年輕人」——「要使他們安居，便有需要給他們提供一個合乎要求的家。」所以，在這些紀錄片中所見屋邨的商店、學校和社區生活的狀況，都包含着雙重的意義。這些鏡頭說明了政府對徙置的居民安排妥當，使他們可以在較佳的居住環境內生活。而同時這批戰後來港的「難民」經過這次搬遷的經歷後，可以在香港過新的生活；對土生土長的一代來說，這兒更是他們「安居之所」，而香港就是他們的家。

把事實講清楚

或者可以這樣說，沒有人會要求政府拍攝宣傳政策性質的紀錄片時，會把事實講清楚。一段常為人引用，以說明當初政府興建公屋缺乏長遠眼光的官方文件指出：「僭建寮屋之所以得到徙置，並非純粹因為這些住戶需要或應該得到合乎衛生及不易受火災影響的房屋；他們獲得徙置是因為社會已不能再負擔因僭建寮屋而造成火災、社區衛生的風險及對公眾秩序和聲譽的威脅，同時社會亦需要發展那些由僭建寮屋所非法佔用的土地。」(引自 *Commissioner for Resettlement: Annual Departmental Report 1954 -1955*，頁46) 上文提過的紀錄片，都沒有交代當初政府興建徙置區的現實考慮，只要說因為石硤尾大火，於是政府逐步發展公共房屋。這個「石硤尾大火」的神話，既可用作解釋因急於救災以致徙置區設備簡陋；亦可將公共房屋的發展，簡單地還原為人口壓力的問題。這類官方新聞紀錄片的資料真確性問題，並不特別叫人感興趣；更值得討論的，是這些紀錄片所展示的一套理解香港社會的觀點。將官方與民間的電影作比較，兩種不同觀點之間所存在的差別便相當明顯了。

《危樓春曉》(一九五三) 可以説是描寫五十年代低下階層生活的經典之作。該片以一幢私人樓宇內多伙住客

的遭遇，帶出「小白領」的動搖性、勞動階層自力更生的堅忍能力等。由於影片以房客的生活為題，所以接觸到當時的房屋問題。業主只顧個人利益，完全不顧房客的安全，以致這幢危樓經過一場風雨之後便倒塌下來。但片中這場災難，卻幫助了張瑛與其他住客盡釋前嫌，也造就了梅綺(演投親後被姦的弱女)展開新生活的機會。

今日重看《危樓春曉》，並將它連結起當年的房屋問題來思考，最使人感到興趣的是結局的處理。對八十年代的觀眾來說，危樓倒塌後的結果是十分明顯的——由政府編排安置；今時今日，考慮房屋問題時，政府的影子更無處不在。但在《危樓春曉》，就只有低下階層彼此互助，以同舟共濟的精神來度過艱難的日子。當然，拍攝該片時，政府尚未開始興建徙置區，而「中聯」的電影亦自覺鼓吹低下層互助互愛的精神。這些都可以表面解釋這個結局的安排。片中所有角色，並沒有埋怨政府沒有照顧市民住屋的需要；而其後如《水火之間》(一九五五)、《十號風波》(一九五九)、《火窟幽蘭》(一九六○) 等同類電影，亦同樣沒有提及過政府的角色。無論是否由於電影編導的主觀價值取向，或者當時一般市民的確對政府無甚期望，這些五十年代的電影都說明了一點：當年在大部份市民心目中，要解決居住問題，還是要靠自己的努力。

在這些電影裏的人物，用不同的方法謀生 (例如當舞小姐、賣血)，都是為了要解決生活的基本需要。對他們來說，香港不過是逃避動盪和戰亂的棲身之所。至於一些不能適應香港生活的人，回鄉是理所當然的出路。像《細路祥》(一九五○) 的結局就充份反映了這種想法——伊秋水帶領着李小龍等沿着鐵路「返鄉下」；在五十年代的香港社會，以香港為家並不是那麼理所當然的一回事。

引用五十年代的粵語電影，並不等於認為它們就是「現實」的反映。不過話雖如此，我們也得肯定它們可以幫助我們了解五十年代群眾記憶的價值。

以上討論的作用，在於指出民間存有另一種理解在香港建立家園的觀點：一方面，在低下層心目中，政府在解決房屋問題所佔的主導角色，只不過是在近十多二十年才建立起來；另一方面，以香港為家，也並非必然的選擇。說得更清楚一點，「香港人」的概念或所謂本地意識，其實也只不過自七十年代初才開始形成。考慮到這個文化意識轉變的背景，我們便可以對《與人口賽跑》到《安居之所》的轉變有更清楚的了解。事實上，要到七十年代，「安居之所」這個題目才逐漸產生意義，香港市民始有「家在香港」的感覺。

市民對香港產生歸屬感，反過來影響了他們對周圍環境的態度。從前那種冷漠及對政府不存奢望，也隨着

社會的發展和新一代成長而出現變化。一九六六年九龍騷動是香港市民第一次以行動來宣洩不滿情緒的表現。從此市民的集體行動逐漸普遍,而七十年代更可以形容為社區權力的十年。在這一段時期,居民為保障本身權益,爭取改善環境而組織的行動此起彼落,形成了一種社會力量。

在一般人心目中,公共房屋是香港政府的一項驕人政績。就像在《與人口賽跑》、《喬遷之喜》、《安居之所》等紀錄片中所見一樣,政府早有妥善安排,而居民又可得到較佳的居住環境;若果真的仍有問題存在,也不過是居住面積偏小(但香港地少人多,居住環境難免擠迫),或者社區設施未見完善(不過會逐步改善,只是遲早問題)。但現實的情況,卻並非如此簡單。

香港居住環境的現實一面

第十二屆香港國際電影節選映由「社會組織協會」收藏的三套紀錄片,可以說從另一個角度總結了七十年代的住屋經驗。第一套約拍於一九七三年間,是有關大坑東徙置區的居住環境。片中展示的社區面貌,跟《與人口賽跑》的片段比較,簡直是兩個世界。以六十年代的眼光看,《與人口賽跑》所見的徙置區,儘管設備簡

陋，環境擠迫，總算是可以接受的。但踏入七十年代，已有二十年歷史的大坑東徙置區已變得殘破不堪。原來已是擠迫的環境，因家庭成員人數增加再加上子女日漸長大，情況變得十分惡劣。極為狹小的空間，必須充份利用；片中我們可以見到兒童坐在床上吃飯，在走廊架起床睡覺。至於簡陋的設備如公用浴室等，間格的外門早已破裂，而且渠道淤塞，污水處處。其他問題還有電線暴露，水渠破裂，垃圾堆積等等。總之，現實情況對比政府承諾的環境改善，形成強烈的反諷。

或者有人會認為重建計劃可以解決問題。但另一套紀錄片的內容正是關於大坑東居民反對重建政策的大會（一九七七年一月二日）。這些社會行動的出現，反映出房屋政策未能顧及居民的意願，結果造成官民之間的分歧和衝突。這個反對重建的居民大會不過是眾多同類事件的其中之一。七十年代政府不斷擴展公共房屋，並逐步改善公屋的環境，但這些新政策卻往往成為社區衝突的導火線；租金政策、搬遷徙置（尤其是將居民遷往新市鎮）、舊市區重建等政策，均遇到居民的反對行動。從政府推行政策的角度看，公屋的發展總有其本身的理據，但居民行動的湧現，就說明了從另一個角度看，政府的安排並不妥當。

至於第三套紀錄片，則記錄了一九七八至一九七九

唔該·埋單

年的油麻地艇戶事件。那次艇戶 (還有社工及神職人員陪同) 乘坐旅遊車往港督府請願，要求安置。豈料到達海底隧道港島出口便遭警方截停，全部帶回警署，控以非法集會罪名。這次油麻地艇戶請願行動與遭遇拘控的事件，可以説完全暴露了公屋政策及「諮詢式民主」的偽善。首先，油麻地艇戶並未因居住環境惡劣 (片中可見浸水的木艇) 而獲得徙置；儘管有謂公屋是為有需要的市民而建，實際情況卻是遷拆徙置與否要視乎佔用的空間會否成為發展用地。像艇戶要求安置，便反被指為「打尖上樓」；再者，為爭取權益前往請願，卻中途遭拘控，充份暴露了殖民地政府在政治方面的反動。

這些民間拍攝的紀錄片，強調的是那種由下而上的觀點和人民推動轉變的角色。七十年代社區運動建立的一種信念，就是市民的行動是推動政策改良的動力；單靠政府由上而下推動政策，並不保證可以照顧市民的意願。從這個角度來看，官方新聞紀錄片裏居民所發表的意見，並不見得有代表性。《與人口賽跑》和《喬遷之喜》兩片中的居民訪問片段，及《安居之所》裏的一段訪問錄音，由於表達方式接近正式的訪問，反而產生了反效果——給觀眾的感覺是政府想透過他們的口來宣傳政策。若換另一個角度來看，居民在官方紀錄片中出現，其實就暗示了早有問題存在。《安居之所》裏居民

為華富邨說好話，也提醒我們早年曾有居民請願反對徙置華富邨，因為當時該區的交通極為不便。而這些問題的存在，多少可解釋在《安居之所》末段小孩盯着鏡頭的神情，那種眼神奇異地似乎帶有幾分怨懟。

新聞媒介的角色

在七十年代的房屋衝突之中，新聞媒介扮演一個十分重要的角色。事實上，居民之所以利用社會行動來表示對政策的不滿，主要原因是他們缺乏政治資源，惟有以行動的形式來吸引新聞媒介的注意；再透過新聞報導，爭取大眾的支持。換句話說，除了居民組織的行動外，輿論本身也可以對政府產生壓力，促使政策有所改變。

電視台拍攝有關房屋問題的新聞紀錄片，由於是專題探討，所以比較一般新聞短片資料豐富，而且也較深入。就以港台「鏗鏘集」的《擇木而棲？》(一九八一) 和《居安思危》(一九八五) 為例，它們都能夠有系統地分析問題，分別描寫了八十年代初的木屋問題，及指出在整個建築過程中，各個工序可能出現監管不足的情形，才會造成二十六座公屋危樓的「災難性醜聞」。

無可否認，這些新聞特輯在揭露社會問題方面，是可以產生一定的作用。一個明顯的例子是無綫新聞部製

唔該，埋單

作的《李鄭屋邨一日》(一九八一)。該特輯分中、英文版本，英文版本先在時事節目「焦點」中播出。它針對徙置區的居住環境，一開始便指出，一九八一年的李鄭屋邨可以說是一個貧民窟。居民社爭取早日得到重建安置，公開邀請港督到該邨留宿一晚，以了解民情；當然，港督沒有接受邀請。但無綫新聞部便以李鄭屋邨一日的觀察為題，探討這些五十年代興建的徙置區，到了八十年代如何變成破落的貧民窟。

《李鄭屋邨一日》基本上顯示了一般徙置區的問題──社區設施殘破不堪、衛生惡劣、居住環境極度擠迫、缺乏休憩場地等。由於環境惡劣，居民生活素質自然欠佳。另一方面，限於經濟條件，不少居民根本沒有其他選擇，只有無奈地繼續在環境每下愈況的李鄭屋邨居住。

這個特輯的中文版本在四星期後的「新聞透視」節目中播出。主持人在開場白時指出，房屋署官員對「焦點」所播的內容不滿，認為特輯內容只顯示了徙置區陰暗的一面，所以為「新聞透視」提供重建計劃的最新資料。可以想像這個特輯所拍攝的徙置區社區面貌，對官方機構是能夠產生一點壓力；因為鏡頭所見的居住環境之惡劣，有力地說明了重建計劃必須全速進行。

不過，從中、英文兩個版本的內容差異，觀眾亦可

感受到一方面新聞紀錄片可以暴露社會問題，指出政府政策不足之處；但另一方面，政治和其他社會方面的反應，同樣亦會對他們產生影響。將《李鄭屋邨一日》的中、英文版本作比較，雖然中文版指出了官方不愉快的反應及不合作態度，但整套紀錄片的語調，卻比英文版溫和。反觀英文版的矛頭直接指向房屋署，指出了重建安置的迫切性。直到最後一段，才安排官方發言人解釋李鄭屋邨所以環境惡劣——居民隨處拋棄垃圾，亦應負部份責任。此外，要真正改善社區環境，單憑增加或改善區內設施並不足夠，問題核心在整體公共房屋的發展；將來居民獲得安置到新屋邨居住，才是治本之法。

這一段訪問多少可起着「持平」的作用，至少也講出了居民方面的責任和官方要兼顧各方發展的考慮。但中文版比似乎較英文版更自覺有「持平」的需要。在討論處理徙置區的方法時，不時以「有人認為」之類的意見與居民的觀點平排論述，以求客觀。例如旁白會先指出居民希望政府在區內重建，將來可以繼續在附近地區居住；但接着便引述「有人認為」為了疏散人口，總要有人搬往新市鎮居住。引述雙方不同的意見，結論自然便是各有道理，各有不同的考慮。

這種「持平」、尋求「共識」的做法，在《擇木而棲？》的結論是：由於種種因素（例如經濟、人口），木

屋問題不但未能獲得解決，且有惡化的趨勢，看來這個問題到九十年代還會繼續存在。至於《居安思危》的論述，就更接近「普遍真理」——出現這次公屋危樓的「醜聞」，政府應該尋根究低，向市民清楚交代。這兩部紀錄片探討公屋危樓及木屋問題，開始時利用鏡頭將問題的各方面逐一點出，但到最後往往得出一個「不富爭議性」的結論；這種按照「共識」(大多數市民的意見)來界定問題的做法，通常都是將原本尖銳的問題磨平，雙方各讓一步，問題便好像解決了。

電視台的新聞特輯有其一套獨特的論述模式，凡事講求「客觀」、「中立」、「持平」和「共識」。當然，從上文的討論可見，它們處理資料的手法，並不可以一概而論；《李鄭屋邨一日》中、英文版本內容不盡相同，便是一個例子。不過話雖如此，新聞特輯還是有其普遍的特性，講求「客觀中立」的論述，使其觀點正好介乎官民兩套不同的論述之間——一方面沒有必要代官方發言，另一方面也缺乏了民間那種對抗性的動力。但在香港這樣一個資訊發達的社會，這類新聞特輯的影響力也不容忽視。

本土意識的抬頭

　　時至今天，重看以上的新聞紀錄片，感覺是相當特別的。民間拍攝的紀錄片和電視新聞特輯所代表的兩種觀點，基本上都是七十年代以來香港社會發展所帶來的新事物。由居民組織的反對行動，除了針對政府的政策之外，也反映出一份對社區的關心；這與戰後初期的香港社會比較，顯然是多了一份歸屬感。至於新聞特輯的論述，講求「持平」，亦即假設了有所謂「共識」的存在；換句話說，這種論述以「社會整體利益」作為衡量事物的標準。這個所謂「社會整體利益」的準則之所以為人所接受，與市民加強認同香港社會有密切的關係。說得直接一點，在這兩種觀點的背後，就是當代香港的「本地意識」。

　　不過，本地意識是有其兩面性的：一方面，它是對社會的認同，能夠起着推動市民介入社會的作用；另一方面，它也包含了保守和自衛的傾向，「香港人」的身份隱藏着對「非香港人」的排斥──市民對大陸新移民和越南難民的態度，就清楚說明了這一點。九七問題給香港社會帶來的衝擊，似乎更強化了本地意識保守的一面；或者應該說，這個政治問題使自衛的傾向性表面化。過去市民已暗裏慶幸由於香港有其獨特的發展，才

幸免國內政治運動的災難。今時今日，更可以名正言順肯定香港制度的「優越性」。但為了維護這個「優越」的制度，市民便要作出讓步，有所妥協。「共識」因此有着無比的重要性。

在這個新的政治和社會局勢下，民間那種由下而上的對抗性聲音，似乎逐漸淡出；而官方新聞紀錄片所展示的那個歷史秩序，卻在這個「歷史妥協」的形勢下取得霸權的地位，成了群眾記憶的一個重要部份。在六、七十年代看來相當「官樣文章」的新聞紀錄片，今天卻變得順理成章；透過興建公共房屋，香港政府給了市民一個在此地建立家園的機會。這個「家在香港」的意識，顯然並非只是文化認同產生的效果，而是有其物質基礎。經濟、政治及其他外來因素固然有一定的影響，但以香港的情況而言，公共房屋正是一個相當重要的物質條件。

從漠不關心到認同，再由認同到自衛，本地意識的構成有其內在的矛盾。這種雙重性格的本質，使本地意識有積極進取的一面，亦有保守消極的另一面。諷刺的是，八十年代的形勢卻往往是以「香港整體利益」為名，將民間聲音打壓到一個次要的地位。

10. 在屋邨長大

　　翻閱香港人口統計資料，一九九六年全港住戶當中，有百份之三十五點五在公共屋邨居住(而這個數字尚未包括「居者有其屋」及安置區的住户)。這個統計數據，交代了目前公共屋邨的住戶人數。但假如我們的興趣並不只局限於現有公共屋邨人口，而是包括任何曾經在公屋邨居住的香港人，那所謂公共屋邨人口，便不止此數。

　　「在屋邨長大」可以說是香港人的集體經驗的一部份。這並不是說每一個香港人都有在公共屋邨生活的直接經驗。上面所引述的統計數據，最多亦只可以說大概有半數的香港人有居住公共屋邨的經驗。實際上有多少人曾經在公屋生活，並不是本文討論的內容，我的興趣並不是要掌握準確的有關統計數字；當我說「在屋邨長大」是一種集體經驗時，意思是對大部份香港人來說，無論他們有沒有在公屋居住過，公屋生活都會是成長經驗的一部份。有些人是在公屋長大、生活；另一些人儘管從沒有在公共屋邨居住，但在實際生活經驗裏，總難避免與公屋扯上關係——可能是認識到在公屋居住的朋友，上學或工作的原因而經常出入公屋等等。在香港生

活的人，不可能對公共屋邨感到陌生。

在北角邨長大

我是在家人由灣仔唐樓搬到北角邨之後才出世的。
那是一九五八年。

之後，一直在北角邨老家居住，到在香港大學讀研
究院時期，才自己搬離到自辦舍堂。

「在屋邨長大」確實是一種有趣的經驗──一大群
小孩子差不多在同一時間裏一起成長，經歷社區的變
化。現在從九十年代的位置回頭看那個時代在屋邨走
廊、空地跑來跑去，聯群結隊在區內左穿右插，是兒時
成長樂事。

但這些美好回憶，是有選擇性的。講老實說話，今
天我和一些同在屋邨長大的朋友可以輕輕鬆鬆地重溫那
一段日子，是因為我們後來都有足夠的經濟能力，離開
屋邨，建立家庭。這種感覺像閒聊時談到兒時站在走
廊、隔着鐵閘看人家的電視，而笑語這些是懷舊樂趣一
樣──後來大多數人都可以購買電視機，當時那種「我
家沒有電視機」的貧乏感，早就忘記得一乾二淨了。

我這一輩人談「在屋邨長大」的日子，很大程度上
就是這種「往後望」，有選擇地以今日的處境來重組的

一些集體記憶。兒時屋邨生活看成為風平浪靜、無拘無束；六、七十年代屋邨電梯內「箍頸」打劫、樓梯轉角的白粉道人、暴動期間屋邨牆壁寫上「黃皮狗」、「白皮豬」標語、球場械鬥等等，一是有選擇性地不包括在這些集體記憶裏面，一是看待為一些社會發展的過渡現象，後來都逐一消失了。

我想說的是，這種記憶是有所偏差的。有些事情現在理解為舊日情懷，「在屋邨長大」的美好回憶；另一些事情則來一次集體失憶，不再出現於我們的屋邨生活印象。

很多人都說他們難以忘記以前「在屋邨長大」的日子，但他們大多不願意在屋邨過一世。

在屋邨安居落戶

不過，話說回來，屋邨生活的美好回憶儘管有所偏差，有一點卻是我們必須承認的——對戰後四、五十年代來港的移民來說，他們在香港安居落戶，跟公共房屋的發展有着密切的關係。從本地社會的歷史發展來看，香港市民在五、六十年代所經歷的搬遷徙置過程，並不單是一次居住單位的調配，而且也是一次由移民遷徙，到建立家園、安居立命的經驗。

從這個香港人口構成的變化與本地社會整合的角度來看，我們「戰後嬰兒潮」中出生的一代，是「在屋邨長大」的日子裏目睹香港社會的形成。

本來沒有想過在香港停留一輩子的父母，結果在這裏組織家庭、生兒育女。我說過我是一九五八年出生的，所以沒有經歷過父母那一輩移民初來香港、重新適應生活的日子。我只知道，父母搬入北角邨老家，一住就住到整座屋邨正式拆卸之年；從來沒有搬家，也沒有想過要搬家。相對於同期在公共房屋的家庭，北角邨的住戶算是幸運的一群。其他家庭在六、七十年代要經歷搬遷、徙置、重建，才可以有機會擁有一間設備齊全的獨立居住單位 (毋須用公共的或設在居住單位以外的廚房、廁所、浴室)。北角邨住戶一開始便可以享受獨立的、自給自足的家居生活，我們沒有需要為擁有一個獨立單位而東搬西遷；可以說，這是北角邨住戶比較其他公屋住戶先在公屋安居生根的原因。這亦即是說，在我的公屋生活經驗裏，沒有經歷過一般公屋居民那種「徙置—上樓—爭取改善居住環境」的屋邨生涯。

六、七十年代在屋邨生活所見，就是「戰後嬰兒潮一代」的成長經歷。現在回想起，感覺就像看電影的快鏡頭。最初是大批兒童在家幫手做工廠外發加工，跟着是升中試，中學生活，到各自離開屋邨。每一段「個人

的時間」都跟整個香港的「社會時間」扣連起來——這一邊是個人的「生命歷程」，那一邊是香港社會的歷史發展；我們「在屋邨長大」，而香港則走上工業化，再而發展成為國際城市、財經中心。

我記得在小學時期，跟我大哥同輩的鄰居陸續長大以後，他們出洋讀書的大多數一去不回；有些則一早辦移民，從此再沒有聽到他們的消息。在那個一九六七年暴動過後的時期，我沒有印象聽過「在屋邨生活的美好回憶」的話，也沒有感覺那些哥哥、姐姐會以香港為家。今天我們所講的本地意識、「在屋邨長大」的經驗，在那個時期還未成形。

升中試過關後，我在一九七○年升讀中學。印象中七十年代初的屋邨生活也不見得好過。邨內治安是問題之一；離身邊較遠的，是香港社會的貪污風氣；政府的殖民地色彩仍然濃厚，再加上石油危機、經濟衰退，當時要發展成一種帶着本地色彩的樂觀情緒，還未到時候。

香港經濟起飛

情況到一九七五年前後有所改變。我在家裏排行第三，最小；到一九七五年參加會考，我開始感受到父母那種「仔大女大」的滿足。對爸媽來説，這是家庭發展

周期的另一階段——年紀最小的兒子也快要獨立了。有趣的是，我可以觀察得到，這種情況並不僅局限於我這一家；邨裏其他家庭也差不多同時到達這個階段。

這是戰後香港家庭的兩部曲。第一階段是像我父母那一輩，在香港組織家庭，尋找一個安居之所；這是一個難民來港的時期，各人為口奔馳，老一輩的希望，都放在子女身上。第二階段是子女長大，在香港社會找到發展的機會；到七十年代中，上一代的家庭發展周期已到達子女另組家庭的新階段。對父母那一輩來說，所謂「家在香港」，是無心插柳，卻有美滿收成的意外。

至於「戰後嬰兒潮出生的一代」，則在時間上剛好配合了香港經濟成長的步伐，在急劇轉變的環境裏找到機會；他們是土生土長，但更重要的，是享受到經濟發展的成果。七十年代中以後的社會新秩序，使香港成為一處充滿機會的地方。我這一輩喜歡在人面前說：我「在屋邨長大」，那是因為我們都能夠把握香港經濟發展所提供的機會。大聲說「在屋邨長大」，就像要向人家表明，自己是靠個人努力，爭取成就。

可以這樣說，這已經是一種意識形態，變成了香港生活的一個神話。這個神話當然有它的物質基礎；但與此同時，它也是一種有選擇的集體記憶，一種沒有正面面對社會上仍存在不平等的意識形態。

III.   生活

「升中試」教我認識一點
考試就是考試
是關於考試技巧的考驗
未必與追求知識有密切的關係
這套「真理」也可以應用到「中學會考」
「大學入學試」之中
要應付這種淘汰賽
必先從策略、手段入手
香港人那一套犬儒主義
是從現實生活中學習得來的

11. 趕上戰後嬰兒潮的尾班車

　　我是屬於五十年代後期出生的一代，可以說是剛好趕上了「戰後嬰兒潮」，成為了那一輩人的一份子。

　　由於在五十年代後期出生的關係，對於四、五十年代甚至六十年代初期的香港社會，我只是從長輩口述或二手資料(從有關書籍、報刊到粵語長片)得知一二，沒有第一手的親身經歷。不過，說來奇怪，雖然缺乏親身經驗，像我這一輩「戰後嬰兒」對所謂「戰後香港」卻不會感到陌生。這並非只是我個人的感覺，每逢與朋友(彼此年齡上可能相差三至五歲)談起成長經歷，大家都可以細數出無數例子，說明那種「戰爭之後」和「香港作為一個難民社會」的集體意識。情況就像兒時跟爸媽到戲院看以第二次世界大戰為主題的歐美電影(看了無數次《碧血長天》)，從《財叔》漫畫讀到抗日戰爭一樣，在日常生活裏我們這些「戰後嬰兒」仍可以直接或間接的與上一輩分享同一種集體意識。「戰前」、「戰後」是理所當然的歷史、時間觀念的參考。

　　這一種「戰爭之後」的意識，一直到六十年代中期仍然是日常生活的一部份。它既是一種在民間流傳的集

　　　　　　　　　　　　　　　　　　　唔該·埋單

體記憶，同時亦浮現於官方論述之中。

作為一種流傳於民間的集體記憶，這種「戰後」意識，最明顯表現於上一輩喜愛談論的戰時故事。上文提過，我是在公共屋邨長大的，兒時在屋邨生活的一種晚飯後消閒活動，是一班小朋友圍着住在隔壁的公公、伯伯，聽他們的故事。我爸爸的拿手好戲是講「人肉大包」等駭人的鬼怪故事；至於鄰居阿叔、阿嬸亦隨時可以講出兩三個戰前廣州的怪異故事或五十年代香港奇案之類故事。那時候在屋邨走廊乘涼，就是聽這些關於「戰前」(通常是關於廣州或附近的地方) 走難、「戰後」香港的故事的時間。當然，到各家孩子逐漸長大——到某個年齡，邨裏的青少年差不多在同一段時間找到了新的、更有趣的活動；再沒有興趣聽那些不斷重複的故事——屋邨走廊頓變成了青少年的天地，話題轉為當時漸漸成形的青少年文化。

作為一種官方論述，所謂「戰爭之後」是一個新時代的開始。這個新時代並不止於戰爭結束、和平來臨、日軍投降、香港重光，更代表香港社會出現了一個全新的局面。《香港年報 1956》的主題文章，便以〈一個人口的問題〉為題目，總結戰後十年的香港社會狀況：

「回望這一段時期，可以說假如沒有這個問題的存在，我們所做的事情，很可能因此而有所不同。財政、

教育、醫療及衛生服務、社會福利、監獄、警務、工業、商業、勞工關係、土地政策、房屋、農業或漁業、政治關係——以至法律本身——全部都明確地由於這一單獨問題所造成 (有些情況更是近乎摧毀性的) 過苛的影響。它是一個大量入境移民的問題；其量之大，在一九四五年英國人重掌這個殖民地的管治時，由一人增至現在的四人，可想而知。」(頁2)

在官方的論述裏，人口壓力之所以成為一個問題，是因為這些難民不會再像以往的移民潮般，等到中國大陸的社會環境安穩下來，便返回鄉下。他們留在香港，將本來以為是一個流動人口的問題，變成了實質上對社會構成壓力的社會問題。政府表示，她在戰後初期的首要工作，便是要解決人口在量方面的急劇增長所帶來的問題。

到一九六六年，香港政府又在年報裏發表了另一篇回顧十年的文章。這篇文章基本是呼應《香港年報1956》主題文章所提出的問題，而這次討論的重點是放在政府推動社會服務的進展上；同時，它也提及香港社會如何從戰後的困境中發展起來。作者在這篇以〈社會服務〉為題的文章裏強調：「過去十年香港社會服務方面的進展，最好是從一個較宏觀的歷史背景來理解，而這樣我們便必須回到一九四五年，當第二次世界大戰結

束，香港亦從日本接回來。」(《香港年報 1966》，頁2)

「戰前」、「戰後」是兩個不同的時期。對我們這些沒有戰亂、「走難」經驗的小孩子來說，戰爭是抽象的、概念化的。從歐美電影所見，戰爭是指第二次世界大戰；從鄰居阿伯、外公、父親口中所了解的，戰爭卻只等如中日戰爭。事實上，關於具體戰爭經驗的內容，很多時候也是模糊的。外公偶然會談起「東江游擊隊」的英勇事迹，但那些故事跟其他戰爭故事一樣，聽來總是很遙遠的似的。那些英雄事迹、戰鬥可能發生在省港澳，或者南中國任何一處地方；真實的事發地點是否在於香港並不重要，而一切抗日活動的意義，只放在整個中國反抗日本侵略的框框裏才有意義。

事實上，對很多上一輩的人 (無論他們在戰前有沒有在香港待過) 來說，香港並沒有一個獨立於中國抗日的反抗計劃；或者甚至可以說，他們根本就沒有在香港參與廣泛動員的抗日行動 (那時他們身處內地而非香港)。可能像薩空了在《香港淪陷日記》所寫 (或應說批評)：「大家都在想也許就是明天早晨一覺醒來，敵人旗幟已插遍全街，使人完全措手不及。所以大家遂縮小圈子，不管香港陷落不陷落，而改在假定香港陷落後，自己或一家如何苟存的方法上打旋轉。」(頁46-47)

我想說的是，儘管戰爭是五、六十年代裏群眾記憶

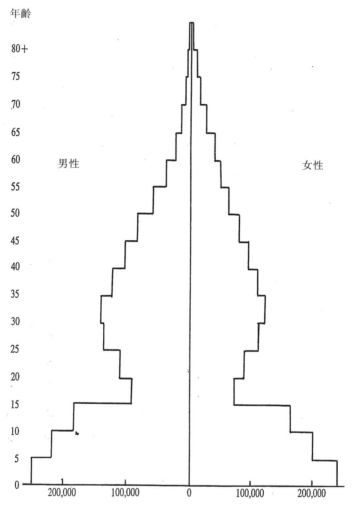

一九六一年香港人口普查年齡分佈圖
（《香港年報1961》）

的一個重要部份，戰爭經驗的意義主要在於劃分了兩個不同的時代，而不在於喚起一種存在於群眾裏面的集體及團結精神。田邁修 (Matthew Turner) 在〈六十年代/九十年代：將人民逐漸分解〉（收於田邁修著、顏淑芬編，《香港六十年代：身份、文化認同與設計》）一文裏提到，香港社會實際上「沒有一個關於根源的大眾神話，沒有始創祖先或憲法」（頁6）；我在這裏想接上一句：就算是上一輩人有共同擁有的戰爭經驗，也不一定是一種嵌於香港的記憶。

戰後嬰兒

我經常半開玩笑的跟在七十年代中期出生的學生說：所謂戰後出生的嬰兒，其實是指那些在戰爭結束後出生、而又可以在一九六一年人口普查報告書裏人口金字塔圖案〔見附圖〕中找到自己的人。

這當然是開玩笑，但不完全沒有道理。任何人看一眼一九六一年人口普查報告裏人口金字塔圖案，大概都會留意到它底部的闊度——那批年齡在十五歲以下的人口，就是所謂「戰後嬰兒」。他們的來臨決定了五十年代的大眾話題是「街童」問題，而到了六十年代初則是青少年問題。

據一九六一年人口普查的統計資料，年齡在十五以下的兒童及青少年，佔總人口百分之四十點八（一百二十七萬多人）。

現在事後看來，我們可以理解為甚麼「戰後嬰兒」可以充份利用七、八十年代香港經濟及社會結構發生變化所帶來的機會，很快便進入了各行各業的策略性位置；在社會上佔重要的地位，成為不少人眼中「年青一代在香港找到機會」這個夢想的化身。

但在五、六十年代的香港社會裏，大批兒童及青少年的存在，亦表示他們必須在物資匱乏的環境裏進行激烈的競爭。要在那樣的環境裏找到生存的空間和機會，每一個年輕人都需要參與各式各樣的競賽，投身一些身不由己的淘汰賽。在眾多的淘汰賽中，教育(或應說學位的、文憑的)競賽是最激烈的一種。

對所有屬於「戰後嬰兒潮」一輩的人來說，「升中試」是人生大事之一；有機會參與「升中試」，已算是不錯。我小時讀的學校，在六年級的那一年設有「甄別試」，成績欠佳者，連報名參加「升中試」的機會也沒有。至於有機會參加「升中試」者，無論最後是成或敗，相信都會從這種淘汰賽中有所領悟。就我個人的經驗來看，「升中試」教我認識一點：考試就是考試，是關於考試技巧的考驗，未必與追求知識有密切的關係。

後來，這套「真理」也可以應用到「中學會考」、「大學入學試」之上；要應付這種淘汰賽，必先從策略、手段入手(抱着工具取向的態度)，才可以險中求勝。香港人那一套犬儒主義，是從現實生活中學習得來的。

〈大點算〉的啟示

《香港年報 1961》的主題文章是〈大點算——一九六一年人口普查〉，內容介紹了該次人口普查的一些數據，同時也交代了調查工作的背景。那篇文章最有趣的地方是，作者在交代實際調查工作時那種戰戰兢兢的心情。該作者的筆調，可有兩種不同的理解：一是將那篇文章視為官僚迴避問題、推卸責任的表現——事先聲明各類實際組織工作的困難，可及早化解外界的批評；另一是不作無謂猜測，從字裏行間讀出一些對六十年代初香港社會的觀察。

我傾向選取後一種態度。〈大點算〉一文裏提到一點是相當有趣的，那是關於用哪一種方言來進行訪問。該文作者先講解了各種技術困難及種種考慮，然後交代了具體的安排；他提出了一連串問題，例如：「究竟需要多少位能操客家語的訪問員呢？」而到最後他的總結是「現在我們有了人口普查結果之後，所有問題都可以

很容易地回答；但在一九五九年當剛開始計劃時，這些答案都是猜測，而好些猜測都一定會出現錯誤的。」(頁10)

人口普查的資料顯示，五歲或以上的人口之中，有百分之七十九經常用廣府話；在此之上，有百分之十六的人能以此方言與人溝通。將兩個數字加起來，可以説懂得廣府話的香港居民，佔人口的百分之九十五。該篇文章的作者沒有表明他對這個統計數字有沒有感到意外；我感興趣的，是他的文字所表達出來那份不肯定的感覺——今時今日，我們可以肯定廣府話是香港主流的語言；而在籌備大型調查時，也毋須為新界人口及水上人口特別費神。今天，在我們的理解裏，香港的人口結構 (儘管有不少近年來港的移民) 是相當單純的；但六十年代初期，連負責人口普查的官員亦不敢對這個問題作一個比較肯定的答案。

大概是基於這一種對當時香港人口的理解，「南北和」(通常都是兩個家庭因語言上無法溝通，產生種種誤會，以致結成冤家，但最後又由冤家變成親家的故事結構) 可以成為當時粵語電影 (尤其是喜劇) 的常用橋段；而我記憶所及，到六十年代後期，麗的映聲的電視節目，仍會在星期五深夜安排播放「潮語長片」；至於老家所在地區 (北角)，更是福建人聚居的地方，經常可以在春秧街街市裏見到很多人都不會用廣府話溝通的婦女。六十

年代初的香港社會當然亦有它的主流文化；但以方言、鄉緣為基礎的次文化，則既不是處於邊緣位置，亦不會與一般人的日常生活完全脫節。

錯誤估計的「政策蛋糕」

〈大點算——一九六一年人口普查〉一文的最後一段是這樣寫的：「他們說：『香港應該同化來港的難民』。香港已經同化了那些難民，又或者他們已經同化了香港，又或者兩種情況都有一點。所以當我們準備烤製明年的『政策蛋糕』時，這次它的成份已很小心地過濾和估量過，其混合料已非如前一般。」(頁30)

現在，我們知道這是錯誤的估計。一九六二年四月至五月發生了另一次難民逃亡潮(所謂「五月大逃亡」)，從四月下旬至五月一日，據報道有萬多名偷渡者經文錦渡押回大陸。盧瑋鑾在《香港故事》裏提到當年情形：「普遍市民、大學生紛紛在粉嶺、沙頭角、梧桐山的土地上，在荷槍實彈的軍警戒備中，甘抗戒嚴令近距離地接濟了無數瀕臨死亡的同胞。我從梧桐寨邨避過軍警直升機的搜捕，帶着一疊同胞委託的尋人地址回到市區，剛巧就讀到周報封面頭條的《血淚繪成的流亡圖》，悲憤之情今難忘。」(頁58)

為了應付偷渡潮，港英政府在邊境架起了一道十呎高、廿呎厚的鐵絲網，並加強邊境巡邏。不久，逃亡潮平息了；但每個在香港生活的人都會明白，偷渡並不會因此而完全受到控制。事實上，每個人心底裏都知道，香港的人口從來就受到入境移民的影響──無論自己或自己的父母是否戰後來港的移民，或者身邊的親朋戚友有沒有「從大陸出來的」，移民、偷渡客都不是陌生的概念，而是日常生活的經驗。關於偷渡客的話題，只是一個數目多少的問題；而且斷斷續續，完全沒有完結的迹象。事實上，當時很多港人亦未必想見到後門關上──有的仍希望與家人團聚，有的樂得見同胞來到香港。那時候「難民」一詞，用於描述入境移民的境況，不含敵意。

樓下閂水喉

　　時下大眾傳媒有關戰後香港社會的回顧，一定不會遺漏了制水這個題目。這個題目經常會在回顧香港社會發展的節目中出現，原因之一是有不少紀錄片記錄了當年制水的情況。原因之二是這個題目涉及民生，可使懷舊之餘多點社會關懷。就這樣，這類回顧特輯統統來一句「樓下閂水喉」。

　　對我來說，制水從來不只是一個民生問題。今天我

們仍有興趣討論制水，重點其實應該放在當時那種心理狀態。我總覺得應該將制水（其實是指天旱）與其他天災一起理解，才有意思。任何人翻開六十年代香港社區的大事年表，一定不難發現一九六二年有颱風「溫黛」、一九六三年有大旱，四日供水一次、一九六四年五月至九月間多個颱風襲港、一九六六年六月暴雨成災……那時候每個家庭都裝備鐵桶、膠桶或大膠袋，以應付乾旱時儲水之急用。每個颱風襲港，就做好防風措施，沒有人敢掉以輕心。

六十年代的香港社會仍未表現出一種能夠控制天然災禍的本領。政府解決問題的方法是多建水塘（例如船灣淡水湖），甚至搞海水化淡的計劃（最後從未認真使用該設備）；但每個香港人心裏有數，香港要靠大陸供應東江水。基於地理及天然資源的因素，我們明白香港在很多方面都缺乏獨立存在的可能性。經濟方面，工業的生存之道是加工與出口；日常生活方面，食物與食水供應都隨時會因天災而出現問題。颱風來襲提醒我們，蔬菜、肉食要靠大陸供應，天旱制水提醒我們建造水塘亦未必可以全面解決食水問題。每遇上各類天災，就像上天要我們反思香港的脆弱性。

制水可以是一個懷舊題目，原因是到了七十年代，我們對解決天災的信心已大大提高。一九七四年也試過

每日供水十小時的限制，但談到制水還是六十年代的經驗為主。一九七九年颱風「荷貝」正面吹襲，掛十號風球，造成數十人傷亡；但論懷舊，人還是愛談「溫黛」、「艾黛」。六十年代的天災是集體記憶，七十年代的天災卻是意料之外的事情。

暴動印象

一九六六年四月發生抗議天星小輪加價的九龍騷動時，我未足八歲，只記得當時爸媽有跟我們三個孩子提及那次事件；但論印象深刻（或應說出現於家中長輩閒話話題的次數），則是一九六五年的銀行擠提風潮。不過，對我來說，這些六十年代中期的大事，都只是事後從長輩口中略知一二，沒有甚麼真實的感覺。

至於在一九六七年爆發的暴動，我反而有較多記憶，這多少與老家就在北角有關。當年北角是左派的兩個大本營之一，遭放置「土製菠蘿」的次數也不少。我的小學後門就曾發生過炸死學童事件，甚至一、兩間課室的玻璃窗也遭炸碎了。我試過沿英皇道步行回校時，遠遠見到警方的拆彈專家在拆除炸彈，現場氣氛相當緊張；但發覺是「詐彈」後，一切又迅速回復正常。至於宵禁、催淚彈的氣味，我依然有點印象；但印象最深刻

的，是警方直昇機空降僑冠大廈天台 (即華豐國貨公司的
頂樓) 及其後種種有關該次行動的傳聞。

因為住公共屋邨的緣故，暴動期間大廈的電梯都給
人大字寫上「打倒英帝國主義」、「白皮豬」、「黃皮
狗」的口號式標語，當時不明所以，更不理解為何種種
衝突會扯到平民百姓身上。

暴動時期，自己還是小孩，自然沒有機會了解外界
對動亂的反應。在我住的屋邨裏，我從不覺得街坊們一
開始便站在港英政府的背後，全力支持打例左派；市民
在態度上有重大的轉變，似乎是由左派走上恐怖主義道
路 (當年林彬身亡是屋邨裏的大新聞，事件發生後，民眾
情緒上的轉變是十分明顯的) 之後才開始的。大概是受到
這些記憶的影響，當我讀到鄭郁郎所寫的《在香港看香
港》時，覺得其中幾句話甚有參考價值 (至於該書的其他
論點，則明顯反映出作者的政治取向)：

「人民對『港英』並無好感，但是在目前情形之
下，不支持『港英』，支持誰。這有如坐上汽車，一定
要支持司機，『港英』就是司機，港人只好支持他。」
(頁9)

一九六七年暴動有如一場重要的戰事，左派輸得很
利害，而最嚴重的是在鬥爭的過程之中，旁觀的群眾都
由旁觀的位置轉到站在港英政府的那一邊。暴動之後多

年，情況都沒有轉變。當時我與左派機構的接觸，只限於到國貨公司購買零食和衣物。據我所了解，對很多市民來說，情況亦是這樣。

九龍騷動

在上文提過，由於年齡的關係，我根本沒有經歷一九六六年九龍騷動的衝擊，亦沒有機會經歷六十年代中後期年輕人透過各類文化活動（例如文社）來尋找身份的歷史。對於一九六六年九龍騷動，我是到讀大學為學生報寫文章時才重新認識的。那是一次「自發和未經協調的」(引自《一九六六年九龍騷動調查委員會報告書》，頁79) 集體行動；這一點似乎已成定案了。在象徵意義上，它代表了年青一代的來臨——他們不再像父母那一輩以難民的心境來看待身邊發生的事情；對於社會上看不順眼的情況，他們是會將不滿表達出來。一九六六年騷動跟一九五六年「雙十騷動」不同：後者仍是國共鬥爭的框框內發生的政治事件；而一九六六年九龍騷動則是本地取向的群眾行動。與此同時，這次騷動也反映出當年香港社會潛伏的矛盾與不安。事隔三十一年，蘇守忠接受《明報》馬家輝訪問時被問及那是一場階級鬥爭還是反殖民鬥爭，他答：「都是。我沒有把『反殖民』的字眼

喊出來，心底想的卻正是這回事。」有沒有喊過反殖民的口號倒不重要，重要的是蘇守忠的絕食行動打開了本地政治的議程——香港政治不再夾在國共之間、中英之間的狹縫，而開始發展出它的獨立性格。

九龍騷動過後，港英政府作出了檢討，並進行各種改革，以加強官民溝通和市民對社會的歸屬感。其中一項新政，是加強青年工作。最常為人所談及和最有象徵意義的，是在卜公碼頭辦露天舞會。這種安排的目的簡單不過，就是希望年青一代在「適當」的渠道以「適當」的方式來發洩過剩的精力。

那時我的大哥已升上中學，後來幾年，我跟大哥學了聽「披頭四」、「滾石」，也認識了他的朋友。當時我坐在旁邊，聽他們閒聊，感覺上最理想的道路，除了是能夠考上香港大學 (感覺上是天方夜譚) 之外，就是爭取出外留學 (感覺同樣是天方夜譚)，然後留在外地發展。他們對香港沒有甚麼好感，同時亦覺得不容易有機會出人頭地。出國是一條路，而且是一條好路。關於青年一代的心情，盧瑋鑾在《香港故事》也有相似的觀察，只不過她談的是五十年代長大的年輕人：「我說五十年代，本地年輕一代對香港憎惡感，沒有任何統計數據，很不科學，但跟同齡人談起，果然都道年輕時候的確對香港沒有好感，理由不明。」(頁62)

一九六六年至一九六七年後港英政府並沒有立即扭轉形勢，年輕一代不喜歡左派，但也不見得會喜歡當時的香港社會。至於甚麼「香港節」，搞了幾屆後到七十代初便無疾而終；沒有人會因它的結束，而若有所失。

幫助家庭改善生活的年青工友

我在一九六九年升上小六，一九七〇年夏季考「升中試」。考過「升中試」之後，一大伙同學決定住九龍城的工廠做暑期工。那時候只要從屋邨街坊處弄來一張「兒童身份證」(並沒有附上持證人的照片的)，便可在工廠正式上工。

那年暑假賺了一點錢，出糧後第一件事是往「大笪地」找個裁縫訂做牛仔褲(價錢是九元正)，買了一件「紮染」的幻彩T恤。當時認識了一些年青工友，他們的工資主要拿回家作家用；要爭取消費的機會，便要加班。現在事後回想，六十年代中期所謂年青一代的來臨，有另一種意思——就是不少屬於「戰後嬰兒潮」一代的，可能考不上中學或因要供養弟妹而中途輟學，都到了往工廠當工人的年齡。這一批人進入勞動市場，拿錢回家作家用，減輕了不少工人階級家庭的經濟壓力。以前是父親一人出來工作，供養數名年幼子女及未能出外工作的

太太，現在大哥大姐都「出身」了，家庭的總收入亦有所提升 (但那名父親可能仍是半熟練工人)。那批年青人為香港的工業提供了勞動力，而香港的工業化也為他們帶來了經濟機會。他們對家庭的貢獻是給弟妹提供更多接受教育的機會 (Janet Salaff 在她的 *Working Daughters of Hong Kong* 一書內談到六、七十年代女工因家庭的權力關係及性別關係而要作出犧牲，兒子與女兒之間存在的不平等狀況，減低了女兒接受教育的機會)，幫助家庭改善生活——其中最明顯的是工人階級的家庭在「無綫電視」啟播後幾年後便迅速地購買了黑白電視機。

至於那批年青工人加班的收入，部份可用於個人消費之上。這種「半自主」(因為仍要考慮家庭的經濟需要)的消費活動的出現，為青少年潮流消費及七十年代的大眾消費提供了基本的社會條件。

12. 自成一體的香港社會

　　一九七〇年，我由小學升上中學，本以為憑「二、二、三」(英文二級、中文二級、數學三級)的中上成績便可以獲「第一志願」的派位，未來幾年會有好日子過；可是，升上中學不夠一個月，便開始發現形勢不妙——開學第二日，班主任便先來一次沒有事先預告的英文默書。從那星期開始，我明白透過「升中試」晉級中學只不過是完成了教育淘汰賽初賽第一圈而已，更多的淘汰考驗，陸續有來。

　　中一至中三的學校生活，學業上是糟透了(連全級「包尾」都試過)，至於課餘生活，則發現了足球、打麻雀和《老爺車》(成人刊物)。坦白說，作為一個學業成績欠佳的學生，課堂生活並不太好受。在教育淘汰賽裏，每個學生都要在「成績弧線」上找到自己的位置；當你排在隊尾位置時，自己存在的意義就只在於可以令其他人有更高的排位。如果自己不是排在全班的第四十位，那麼另一位同學又怎會有機會排在三十九位呢？在課室發呆的日子不易捱，但總可以捱過去。背後的原因是在課餘時間裏，「非學業型」學生可從分組比賽「猜選

人」的過程中，排名愈排愈前，於是感覺自己的地位有所提升；至於在課餘雀局裏賭術得到承認，亦有助建立自信。就是這樣，校園生活還可以混過去。

所以，我必須承認，在中五會考以前，社會事件如「爭取中文成為法定語文運動」、「保衛釣魚台運動」、「反貪污、捉葛柏」等，並沒有對我造成任何思想上的衝擊。事實上，中學五年，我連《中國學生周報》也沒有看過。那時候我讀過的報章，是《新晚報》和《時報》，亦經常會翻翻在學校內「地下」流傳的一些黃色小報；讀報的主要目的在於追讀「波經」——也因為這個原因，當時很多同學都沒有留意《時報》與《新晚報》是屬於兩個完全對立的政治陣營，「左報」、「右報」照讀可也。至於當年印象最深刻的新聞，是一九七三年七月李小龍暴斃的消息；在我眼中，這較諸六月葛柏棄保潛逃，更具震撼性。

不過，就算是一個不讀書、不看報，終日只有興趣打麻雀、到球場看本地足球賽的少年，也會對當時的殖民地管治抱有一份抗拒感；在日常生活之中，看不順眼的事情多的是。貪污是一大公害：只要到街市走一轉，便不難見到穿制服的警員收黑錢，吃喝不付錢。屋邨裏老一輩街坊甚至會勸告後輩，為要保證下次收到掛號信及郵包，郵差送信時要給他們奉上「貼士」；是否真的

需要這樣做才可使生活好過點，不得而知（事實上，也無法驗證），但感覺上付了小費會有一層保障。如此這般，在日常生活中，總難對現有的制度產生信任。至於另一個公害是治安惡劣：七十年代初的情況尤其嚴重，差不多每一個在屋邨長大的青少年，都會試過遇上「箍頸黨」。我就更「有幸」在北角碼頭附近親眼見過有人用西瓜刀斬人，也曾在屋邨目睹集體打鬥。惡勢力的存在及影響，在日常生活也可以感覺得到，很無奈。

　　至於港英政府本身，當時的管治手法仍然相當粗糙。回應一九六六年九龍騷動而推出的各種加強官民溝通及提高歸屬感的工作，並不見得到民眾的熱烈支持；日常生活經驗中的港英政府仍是事事由上而下、高高在上的衙門。聽到街坊談論警察以武力驅散集會群眾，不會感到甚麼意外。一九七二年六月十八日暴雨成災，市民自發參與救濟，直覺上也覺得這會比單單等待政府打救來得可靠。「葛柏事件」引起民憤，亦完全可以理解——誰會相信殖民地政府會有決心打老虎，剷除建制內的壞份子呢？

　　那時候，市民對香港社會及殖民地管治的看法，就像電視節目《七十三》、《歡樂今宵》之中〈多咀街〉的環節所表現出來的一種態度——對各種看不過眼的事情，冷嘲熱諷；對現有的制度完全不信任。再加上股市

狂潮、「石油危機」所帶來的經濟衰退和十萬計的工人階級因失業而轉為無牌小販以解決生活，連串事件更加強化了民間流傳的犬儒主義。

轉變的十年

但香港政府並不是靜態的，局勢不斷在變。

現在很多人事後將七十年代的種種變化，都歸功於港督麥理浩，認為他的公屋政策、反貪污的決心將局勢扭轉過來。從某個角度來看，這種「麥理浩時代」的論點，看似是有一定的說服力。持這種論點的人一定會建議我們閱讀麥理浩的第一份施政報告，但我認為《香港年報 1971》的主題文章〈進步的十年〉更值得細讀。該文談論的範圍很廣，其中幾點是相當有趣的。第一，是關於香港社會變得富裕：

「市民較以前富裕了。……真正收入有顯著的增加，而收入分配亦邁向更平等的情況。比以前更為壯大的中產階級，正在一個較世上其他發展國家差不多每一方面都看似愈來愈穩定和富裕的社會裏冒升起來。」

第二，談到交通，該文以小巴來說明政府收拾殘局及順應民情的能力：

「在一九六九年我們引入了一種新批准的公共交通

形式，這就是小巴服務。這是從一九六七年暴動期間傳統巴士服務中斷，而發展出來一種填補服務需要的非法服務。一九六八至一九六九年間我們曾調查過這些機會主義的小巴營業，而政府承認它們實在提供給公眾重要的、可行的及相對安全的服務。」(頁3)

談到青少年及學生的抗議行動，文章的論點是「價值上變得隨便，仍未是香港社會的一個嚴重問題」(頁7)，而結論是：

「雖然他們 (指年青一代) 的家庭連繫不一定繫於香港，不少年青人已了解到香港是他們的家。這個認知的過程因他們要決定在一九六七年事端中的態度而有附帶意義。」(頁7-8)

最後，該文以討論房屋問題作結：

「房屋問題及在處理這個問題所取得之進展，可以作為整個香港社會的進步的主要範例。第二次世界大戰及重光後重建社群的工作規模之巨大，每一個問題出現後便必須緊急處理，不容許有較多空間去規劃。這一種特殊的緊急感已成過去，而經過一段鞏固的時間後，零碎的及缺乏協調的熱誠工作已差不多由每個政府政策科進行政策檢討所代替。」(頁19-20)

我多番引述〈進步的十年〉一文的內容，是因為它清楚交代了麥理浩管治時代的視野。但我亦必需強調，

唔該，埋單

這篇文章是要小心閱讀的，現在我們以九十年代的眼光回頭看看香港社會的發展，很容易會以這篇文章來理解港英政府改革及它強化其認受基礎的過程。這種理解的錯誤，在於犯上了事後將事情理性化的毛病，忽視了七十年代局面的不確定性。

其實，本來要全面解決木屋問題的「十年建屋計劃」，到後期無疾而終，不了了之。麥理浩下定決心以「廉政公署」來打擊貪污平息民忿，當然是建立殖民地政府威信的重要工作。但我們也不可以忘記，在一九七四年後一段時間，一般市民仍然以為港英政府只會「打蒼蠅不會打老虎」；而一九七七年發生的廉警衝突，雖然反映了廉署的工作已起作用，但事件亦說明警隊貪污的情況實在廣泛兼有深遠的歷史。

更重要的是，整個七十年代的民間抗爭顯示當時政府在很多基礎建設、民生問題上均未能照顧草根市民的需要。七十年代期間一浪接一浪的居民抗爭行動，都是要爭取徙置、爭取改善基本的生活條件而引起的。現在事後看來很合理的政策改革，其實是政府內部改革與民眾爭鬥加起來的結果。麥理浩時代逐漸為市民所受落，是七十年代中後期的事情。

一九七四至一九七六期間，論香港社會大事，選廉署展開工作應該不會有太大爭議；這較一九七五年英女

皇訪港對本地社會的影響來得深遠。但這幾年裏更有趣的，是那些不會作為社會事件，主要在背景影響整個佈局轉變。首先，一九七五年的經濟環境顯示，香港已逐漸脫離了衰退期，甚至是走上全面復蘇。這一回經濟復蘇不但解決了上一階段的各種經濟困難，而且大大提升了香港人的經濟信心。

第二，一九七四年三月「無綫電視」播映電視劇《啼笑姻緣》，開創了粵語電視劇主題曲的風氣；一九七六年「無綫電視」又推出長劇《狂潮》，從此像《煙雨濛濛》(一九七三年播)、《船》(一九七三年播)、《清宮殘夢》(一九七五年播) 那類劇種便消失於熒光幕，一種新的電視劇方程式及電視文化正在成形。情況就像當初許冠文連同許冠傑在《雙星報喜》節目裏唱《鐵塔凌雲》未能即時引起人注意，後來順應粵語流行曲潮流灌錄成唱片後，卻成了經典之作 (曲中歌詞「何須多見復多求，且唱一曲歸途上，此時此處此模樣」似乎需要較長時間，才為本地意識漸濃的普及文化所欣賞)。到七十年代中期，一套富香港特色的普及文化已具備一定型格了。

第三，一九七五年亞洲盃賽對北韓一役，令球迷對香港足球代表隊另眼相看。香港隊不再是「賀歲波」陪襯的角色；而本地最出色的球員，也不再像張子岱、黃文偉般必然以「中華民國國腳」身份出現。胡國雄、郭

家明、黎新祥、鍾楚雄等出色球員為港隊賣力，給球迷們一份「衝出亞洲」的希望。後來港隊在世界盃外圍賽打敗新加坡，得分組出線權，就更是將支持港隊的氣氛，推至沸點。

當然，上述種種不同方面的發展，或者有點巧合的成份。事後將它們串起來說成本地文化及意識冒升的反映，是有點事後孔明。在當時的環境裏，大家都不自覺地在建構一套本地文化；但文化建構大概從來都是不自覺的，到它發展出一個形態出來時，不同的部份就編織出一幅完整的圖案來。

七十年代中期的民情轉向是在這樣的背景下發生。殖民地政府受到社會運動的衝擊，卻表現出有解決問題的行政能力（原則上它仍是封閉的殖民地制度，但它有效率、能逐步提高市民生活水平）。「戰後嬰兒」一代陸續踏足社會，再加上經濟復蘇，一時之間好像經濟開花結果一樣，市民開始轉為樂觀，認為大家都有機會在社會階梯上爬升。本地文化日漸成形，再加上經濟信心增強，香港生活產生了新的吸引力——它是一種生活方式而不再是「搵食」生涯。

香港意識也是一種自衛意識

七十年代中期的不自覺，到一九七八至一九八〇年間湧現接近四十萬（合法及非合法）新移民時，便很快形成為一種自衛（從另一個角度看是排外）意識。所謂「阿燦」的現象，已有很多人討論過，在此不贅。仍值得一談的是面對新移民湧入，香港人有意識地界定誰是自己人、誰是外人。新的議論問題是：新移民會否帶來政府不能應付的負擔？會否影響本地居民輪候各類政府服務（尤其是公共房屋）的機會？既然有「他們」湧入香港，「我們」的概念（或者應該說是「我們的利益」的概念）便迅速強化、成形。

這個「香港人」的概念其實比我們想像中的更有彈性。七十年代中後期的排他情況，只是這個故事的上半部；較少人談論的，是到八十年代中，很多較早時被視為「阿燦」的新移民，很快便在順景的經濟環境裏適應了香港社會，甚至亦轉過來以「香港人」自居。不過，這只是一個註腳，還有故事的下半部。

說回七十年代後期對新移民的反應，那可以說是第一次見到香港人如此排外、如此排斥大陸新移民；比較六十年代「五月逃亡潮」期間，有港人前往接濟偷渡難民，這真是很大的變化。這種排外心態是好是壞，暫且

不談。我感興趣的是這種心態與本地意識的關係——香港人感覺受到威脅而需要自衛，是一個關乎資源分配的問題；「我們」與「他們」的分別，不在於種族、文化，而是利益。

麥理浩時代

麥理浩在一九七七年獲延長任期一年。到一九七八年，又再延長任期一年，之後在一九七九年獲准延任至一九八二年。麥理浩是多次獲延長任期、服務達十年半之久的港督。這是一項紀錄。

我第一次寫有關本地意識抬頭的文章，是於一九七九年在《學苑》發表的。我在一九七七年升讀大專，翌年重考考進香港大學。我個人的經驗跟那個時期很多人相似，都在轉變中的香港社會找到機會。我走的是教育路徑，但在教育渠道以外，也有其他路徑、其他機會可給人發展事業。當然，這些機會背後存在不平等的大環境；可是，七十年代後期的氣氛，是樂觀多於悲觀，很多人都相信機會總是有的。踏入大專後所見到的香港社會，是一個矛盾組合。一方面在安置區搞服務的過程中見到很多居民仍要為口奔馳，連基本的生活條件，還未能滿足；但另一方面，全港市民 (無論左、中、右) 均

熱烈支持麥理浩。

　　事實上，七十年代就是在這樣的一個矛盾處境下作結。麥理浩的管治被稱為「麥理浩時代」，多少是有一種敬意，表揚他的施政成就。七十年代的殖民地管治確實打開了一個新局面，配合前文談過的多種社會環境轉變，港英政府建構出一個自主的局面，一時之間香港社會仿如一個自主實體，有着它獨特的議程，不受不明朗的政治前途所影響。但象徵這個局面的終結的事件，也是發生在麥理浩時代。一九七九年三月麥理浩應中國對外貿易部部長李強邀請訪京，行程安排了麥理浩與鄧小平見面，事後麥理浩帶給香港人鄧小平說的一句話——「叫香港的投資者放心」；表面上，這是穩定民心的信息，今天我們知道，當時鄧小平就香港前途的問題，已表過態。

　　當年麥理浩訪京行程，以坐第一班穗港直通車從廣州返港作結束。當時看來，這仿如香港社會進入一個新階段——香港將利用中國要進行「四個現代化」而進入大陸大展拳腳，「大香港」的概念（表現於回鄉客的豪氣、派頭）亦同時在成形階段。

一個年代的結束

　　我覺得真正總結這個年代的象徵性事件，其實發生在一九八〇年。一九八〇年十月二十三日，實施非法入境者即捕即解政策 (即取消「抵壘政策」)，但容許有七十二小時寬限期，容許新例生效前已抵港的非法入境者申請身份證。十月二十六日以後，香港社會有了它的固定人口。

　　整個七十年代，就是建構一個自成一體的香港社會的過程。

IV.   時間

本來是港英陣營的悍將
後來跳「政治哈蘇」
一個轉身成了殖民地主義的批判者
那些一直在惡劣環境下仍然堅持民族主義思想的
反而要他們靠群眾動員來找個政治位置
這是一次政治大兜亂的過程
市民也似乎善忘
一切是非
都是過眼雲煙

13. 從「借來的時間」到回歸倒數

「時間」是香港的政治論述的重要元素。香港有其獨特的「政治時鐘」和「政治時間觀念」。

七十年代以前，香港社會的狀況，常形容為「借來的地方，借來的時間」，據 Borrowed Place, Borrowed Time: Hong Kong and Its Many Faces (初版印於一九六八年，一九七六年修訂版) 作者 Richard Hughes 在「鳴謝」裏所解釋：「『借來的地方，借來的時間』一詞乃引自韓素音寫的一篇文章。在那篇文章裏面，韓素音引述了一位為了逃避共黨而從上海來到這處殖民地的香港居民的話——『繁榮但缺乏確定性，在一處借來的地方，在借來的時間裏表現得精力充沛，那就是香港』——來說明香港社會那種不可思議的狀態。」

所謂「借來的時間」，一是指香港是一個只講目前的社會；Richard Hughes 認為：「實際上是不可能說服政府或建制去討論香港的未來。香港是一個現代式的城市——五年之內投資歸本的城市」(頁129)。關於這一點，藍勤在他的回憶錄 (《藍勤回憶錄》的節錄部份收於廣角鏡出版社編，《香港與中國》) 亦有提及；對四十年代後期

唔該·埋單

至五十年代初的香港社會，藍勤有這樣的觀察：「不妨提一下，曾有人說過，如果與大陸沒有正常關係，香港的經濟至多只能維持五年。然而，在那次會見後十四年的今天，儘管與赤色中國一直沒有正常關係，香港卻比以往繁榮得多了。自由經濟非凡的靈活性產生了奇迹，但是一般來說，香港商人從來沒有信心作超過五年的打算。這一時限，雖然在不斷向前推移，但仍然是一個概念。」(頁155)

在另一層意思上，「借來的時間」是指香港有一個獨特的「政治時間」系統。當時那種論述背後的政治時間觀念——借來的時間，根本就肯定了香港的政治發展沒有其自主性，同時也沒有長遠計劃的可能性。在當時未有發展出一種能夠強力維繫港人的本地意識的情況下，借來的時間終結之日，就是港英政府將香港雙手奉還給中國之時。與此同時，對一般市民來說，香港亦可能只是一處暫供一批過路人在這段借來的時間裏的棲身之地，長遠的經濟發展 (甚至是基本的參與) 根本就不是一個會有人有興趣考慮的問題。

現在式政治

如果七十年代前是「借來的時間」，那麼展開香港

前途問題談判之後的日子，就是九七倒數的時間。在「借來的時間」與「九七倒數」之間的時間，可以說是最缺乏政治時間觀念的一段日子。

七十年代是港英政府殖民地政治以行政改革的手段，爭取民心，全面鞏固它作為一個行政國家機器的統治基礎的時期。當然，港英政府能以「行政國家」的形式進行管治，並非一下子便能夠將一九六六年九龍騷動及一九六七年暴動時期的形勢扭轉過來。事實上，七十年代期間，港英政府是受到各方民眾衝擊的；但民眾的衝擊主要是向政府的官僚系統施加壓力，迫使政府要更主動向市民交代、加強對民眾意見的反映，而沒有改變港英政府的基本性格——她是一個高度官僚化、行政取向的、凌駕於民間裏各方勢力的「行政國家」。

關於七十年代港英政府的政治性格，一九七一年八月發表的《市政局將來之組織、工作及財政白皮書》有很清楚的交代。總結了六十年代中後期三份有關地方政制的報告書後，這份文件表明：

「這三份報告書有一個共同特徵，就是它們的主要目的，都把市政局的未來發展，跟實行代議制地方政府的其他可能形式，一併予以討論。不過，循此方向而提出的建議，是否就能夠提高市區行政效率，或改善對市民的服務，實成疑問。而且，一直並無有力證據，顯示

市民重視這類制度的實施。惟無論如何，政府深知在這方面，除顧及行政效率之外，並需鼓勵發揚地區精神和培養歸屬感。但政府亦認為把行政權力授予當地代議機構的地方制度，並非達成上述目標的唯一途徑。

本港市民業已經由各種各樣的諮詢機構，廣泛參與管理公共事務。這些數目眾多而組織完善的諮詢機構，是本港施政機構的一大特點。……除其他考慮之外，不成立新的地方性團體的原因之一，是由於政府部門，可隨時參照有市民擔任委員的諮詢機構的建議，舉辦一切適當特殊需要的種種服務。如果真的要有新途徑，以便地方人士更廣泛地參與政府事務，順理成章的辦法是容許甚至鼓勵諮詢機構發展起來，使它們所產生的作用，能夠普及全港，而不是把更多權力授於地區議會或市政局本身。」(頁1-2)

上面一段文字扼要地總結了所謂「諮詢式民主」的特點，與此同時，亦展示了港英政府如何強化諮詢機構及建立有效率的管治框框，以化解六十年代中期的政治改革壓力。在這個基礎之上，港英政府在整個七十年代裏一直維持她的官僚管治。直至麥理浩到北京與鄧小平見面，並帶回「叫香港的投資者放心」的口訊後，香港前途問題出現暗湧，「行政國家」的統治霸權才出現新的變數。

在這樣的情況下，七十年代殖民地政府的改組，基本上就是行政的改動；無論是地區行政的推動，還是中央官僚架構的變化，都是在沒有改動「諮詢式民主」的前提下推行的。這些改良並不是朝着某個政治變革的大方向而作出改變的，只是按新環境的需要而有所改動。

Ian Scott 在 *Political Change and the Crisis of Legitimacy Hong Kong* 一書裏將一九七二至一九八二年一段政治發展，形容為「自主的香港」。 Scott 認為「政府仍然是家長式的，間中表現得權威性及依然與一般市民有些脫離，但它對諮詢公眾態度的改變、對改良社會政策的承諾，引發了對未來的信心並賦予它新的認受性的基礎。」Scott 接着説：「經濟發展愈成功，經濟領域的精英便愈少批評或嘗試影響政府官僚系統的行動。相對於英國和中國的自主性亦有所提高，因為它們在一九六六至一九六七年的動亂過去之後，便沒有對這處地方表示興趣。」(頁129) 在這段時間裏，香港政府有它自我完善的計劃 (目的當然是在於更有效地管治這個殖民地)；理論上，九七並不是一個遙遠的日子；但這個時限對當時的政治討論，並沒有起着一種引領討論的作用，也沒有框死了議程的項目。事實上，當時的殖民地官僚管治架構，似乎有着一種排除任何制度上改變的組織能力；它那種高度官僚化、行政化的形態，彷彿將整個官僚系統

塑造成自成一體的體系，有着自己的一套運作邏輯。

當時的香港社會，常常被形容為處於一個平衡的狀態——中、英、港三方面均無意改變現狀。因此，一種不明朗和不穩定的狀態仍可以繼續下去，直至出現新的變數或中、英、港的其中一方有所變化為止。

至於民間方面，七十年代可以說是民眾抗爭興盛發展的時期。其中以「白領工運」及居民運動最為突出。在這個時期，各類由市民組成、反對政府政策的行動，陸續在香港社會出現。部份行動（例如「反貪污、捉葛柏」、「中文運動」）本身便含有濃厚的反殖民地意識，而其他行動則由於殖民地政治制度的限制，不得不在政治架構以外以激進的方式來表達意見、爭取權益。而在行動的過程中，行政的干預（例如警察的鎮壓）或官民雙方談判中發生磨擦，往往都會加強彼此對立的情況。這些民眾運動組織自覺與政府保持距離，爭取民間的支持，以向政府施加壓力。

將七十年代的民眾運動看為官民之爭，其實也不是過份簡化的看法。事實上，好些民眾行動自覺或不自覺也挑戰殖民地政府，透過暴露社會矛盾，來顯示殖民地統治的問題。當時政府與民間之間界限分明，彼此互不信任，雙方是談判對手，兩者之間既不存在亦無意建立彼此均會接受的共識。一言以蔽之，是敵我分明的關係。

如果當時的民眾運動可以說是政治化的話，意思應是行動的矛頭都指向政府，行動的取向是廣義的反殖民地傾向，而非指它有一套比較完整的政治意識形態。政府之所以成為攻擊的對象，一方面與政府逐步擴展服務，承擔更多滿足社會服務責任有關；既然政府直接或間接地給市民提供各種社會服務，它便「理所當然」地 (至少對一般受政策影響的市民來說是這樣) 成了市民的談判對象。另一方面，限於殖民地政治制度，市民表達意見的渠道有限；每當市民要求與政府談判時，便不得不以衝突的形式進行。而在殖民地統治的環境下，這類衝突多了一層政治意義——挑戰殖民地管治。

　　在官民對抗及廣義反殖民地傾向的前提下，儘管各類團體背景不一，但它們均有與殖民地政府對抗的經驗，並因而造成「共識的構成」效果——未經刻意經營，而在抗爭組織之間建立了相近的行動取向，並進而有合作的基礎。

　　從另一角度來看，七十年代的民眾運動基本上屬於「自發主義」，帶有民粹主義的色彩。問題是香港政府地位特殊，它是一個沒有追求獨立前途的殖民地；香港社會的出路，受制於中、英、港三方的微妙關係。考慮到這一點，七十年代學運裏不同派別就民族認同香港出路的爭辯的另一層意義，或者就是反映出潛伏在民眾運

　　　　　　　　　　　　　　唔該，埋單

動中的一個難題——究竟在香港搞民眾運動可以有怎樣的政治出路？

這個難題並沒有得到解決，於是處理的方法就是按下不理，交由參與運動的群眾來「決定」運動的出路。這個想法其實有其理論跟據，認為群眾可以透過行動慢慢提升意識；行動的意義，便是給直接參與和旁觀的群眾帶來衝擊，改變他們的世界觀。

來自民間的集體行動可以說是寸土必爭，以盡量爭取保障草根利益和衝擊殖民地政府。在政治方向上，這些行動缺乏一種明確的理念。就算是組織者 (例如學生、社區組織者) 本身，也只不過抱着一些抽象的信念 (例如反殖民地制度)，寧願以短線的鬥爭來替換不明朗的長遠方向 (所以就算未能搞清楚如何看待中國的社會主義，也一樣可以繼續進行平日反政府的鬥爭)。這個時期的政府活動 (無論官方或者民間)，可以說都沒有時間問題的考慮，政治就是現在式的政治。

今天事後來看，各類民間團體均以港英政府作為提出要求和尋求解決的對象，其政治效果卻有兩面：一方面，一浪接一浪的集體行動，強化了市民向政府提出要求、進行抗議的文化。另一方面，由於香港經濟一直有穩定的發展，市民的生活有所改善；政府亦能調動資源來處理部份問題，這些集體行動並不盡能打擊殖民地政

府的聲譽，反之客觀上強化了它那開明的家長式政府 (至少是一個有效率、能夠提供基本服務的政府) 的形象。

在這個過程之中，長期在建制外扮演反對派角色的社會運動，在批判殖民地政府之時，卻發展出一種肯定市民有權表達不滿、提出訴求的觀念，而且更逐漸由批判者轉變為基層組織者，代表市民和殖民地政府談判，口號也由意識形態批判轉為利益的爭取。這樣，官民之間的關係不再是互不相干的；市民對港英政府有所要求，而政府不得不較以往注重向民眾交代。

九七問題使形勢轉變

九七問題出現之後，形勢便大大轉變。最初，在一九八二年早段，有關前途問題還只不過是傳聞；到情況開始有點緊張時，很多人仍會提出中英雙方續約並維持現有制度不變，或獨力、集資買島之類的方案；以為這樣做，所謂九七問題便可迎刃而解。當然，現在我們事後知道，戴卓爾夫人於該年九月訪問北京，中英決定透過外交途徑談判香港前途時，已經可以説是大局已定。

Ian Scott 認為「在七十年代中國對香港的立場是如此低調，以至不少人以為一份協議是可以達成的，並以此來保留現有的政治制度到一九九七及更長遠的日子。就

是在這種樂觀但錯誤的估計之上，初步建議關於前途討論的主意，便在香港社會內部提出來了。」(頁129) Scott 的分析是否正確，這是可以討論的；但有一點肯定是事實，就是在戴卓爾夫人北京之行以前，很多人均認為中、英、港之間的三角微妙關係，應該不會發生任何變動——就八十年代初的形勢來看，各方面利益均可從現狀的保持之中取得好處，似乎這個平衡的局面並不會改變。結果，出乎很多人的意料之外，中國堅持收回香港主權；從此香港便進入了九七過渡期，整個佈局發生了根本的改變。

在這個九七過渡的過程中，香港社會出現了政治的「大執位」——本來是港英陣營的悍將、新紮師兄師姐，後來跳「政治哈蘇」，一個轉身，成為殖民地主義的批判者、遲熟的民族主義者，緊靠中方路線；那些一直在惡劣環境下仍然堅持民族主義思想的，「忠誠」沒有幫他們一把，反而他們要赤膊上陣，靠群眾動員來找個政治位置。很多曾經主張續約、獨立、買島的意見領袖，經一輪「洗底」之後，今是昨非，以左派的姿態出現，擦去過往親近殖民地權貴的底細。政治上，這是一次大兜亂的過程；而市民也似乎善忘，一切是非，都是過眼雲煙。不過，這都是題外話。

回到正題，在中英談判過程之中，以港人治港為主

題的討論，帶來了一種新的政治的時間觀念——就是香港的政治制度在過渡期間必須有所改變，以配合主權回歸中國，體現五十年不變等原則。換言之，在討論過渡安排時，必須考慮到過渡的時間進程。

而對新的政治環境，一種反應（可以說是主流意見）是將香港「急凍」，把有現有的制度性條件（當然不是所有的制度性條件，而是按某些利益集團所選定的因素）寫死在《基本法》內。這樣，「一國兩制」便可以實現，現存制度便可以保持不變。《基本法》第一百零七條——「香港特別行政區的財政預算以量入為出為原則，力求收支平衡，避免赤字，並與本地生產總值的增長率相適應」，就是這種「急凍」思維的例子。那是一種在變局中抗拒改變的神經質表現。對於當時的資本家及其他既得利益集團而言，將一切有利於自己的制度安排寫進《基本法》，便是保持五十年不變的最佳保證。能夠這樣做，一切因過渡或政權轉移而起的問題，便會因「現狀急凍」（亦即是將現在這一刻變成永遠）而可以解決。當然，事後的智慧幫助我們了解到，這其實是一種相當天真的想法。但曾幾何時，這是主流思想——甚至較為有反思能力的中產階級，部份人一廂情願地相信這是維持現狀的最佳保證。

不過，話說回來，大概是一個變局的關係，儘管主

　　　　　　　　　　　　　　唔該，埋單

流思想希望現狀不變，結果各方力量還是給動員起來，一起設計一個盡量不變的變局。對於政治過渡的問題，各方人士有着不同的見解：一方面，有人認為應考慮到只有十多年的過渡時期，一切改革不能急，凡事按部就班，緩步漸進，按現有的基礎慢慢搞上去；另一方面，則是以倒數的方式來處理改革步伐，先定下九七年要達到的改革目標，然後制定程序，逐步向目標出發。但無論是緩步前進還是倒數，考慮問題的框框，都是以九七年為基點。

八十年代中期，這兩種不同的意見曾經針鋒相對。但到中方提到「銜接」的重要性之後，上述討論便變得沒有意思了。而愈接近九七，中港之間的權力關係出現了此消彼長的情況，「銜接」的要求便更加突出、更加現實了。既然「銜接」成了新的考慮重點，從前以為必須在九七前解決的問題，便再沒有那個時間上的迫切性。從某個角度來看，這是一種向未來特別行政區借時間的想法，本來要在政權轉移之前作好安排的問題，現在都放在未來政府管治下的時間裏再作考慮。這種手法是不斷將決定押後，以減少轉變。

從一個角度來看，這是將香港社會的時間表套入了中國社會的時間表。「銜接」者，即香港社會不能出現一些與中國社會制度有所衝突、有所矛盾的安排。有些

人會自我安慰——中國會變，到時機成熟，香港便會出現大家所期望的改變。他們忘了一點，這樣的想法基本上等於放棄了香港社會原來的時間表，並以中國社會的觀念來看香港的發展。

九七將香港社會帶到另一個時間系統。

而所謂倒數，是日子的倒數（還有多少天到一九九七年的七月一日），也是一個時間系統消失的倒數。十、九、八、七……

V.　　　　　　　　　　後　記

回歸十年

是時候要好好執拾一下

上世紀八十年代所遺留下來的手尾

現在事後看來

保持現狀/不變

並不足以應付萬變

14. 有落，後數！

「好友」與「淡友」

一九九七年之前，我們的身邊總有兩種人：一種叫「好友」(即對未來——甚至是近乎幼稚地——充滿信心)，另一種叫「淡友」(對未來看得很淡，視一九九七為香港的大限)。

當年跟他們討論將來，肯定不會是一次愉快的經驗。那些「好友」有點宗教狂熱的傾向，凡是在理性討論或分析中無法找到答案的時候，就會以信心 (尤其是對中國領導人)「搭夠」。他們的絕招是口中唸唸有詞，總之「明天會更好」。

至於那批「淡友」，其實也好不了幾多。他們的預測 (例如九七後香港的經濟、社會生活將會大不如前) 或許正確，但往往卻是建基於錯誤的推理 (如北京干預、資本主義香港與中國特色社會主義不能共存) 之上，而且還毫不自覺分析上的問題，大言不慚。

九七後最明顯的轉變是，「好友」、「淡友」的分類已經不再有甚麼現實意義了。回歸十年，樂觀主義 (尤

其是盲目的樂觀主義) 早已失去市場。經濟不景氣、管治失效、前景不明朗……種種問題把九七前曾經存在過的樂觀情緒一掃而空。今時今日，還有誰敢當 (就算只是口頭上的)「好友」？

至於「淡友」，說來奇怪，他們的悲觀言論也在香港環境逆轉的情況下不能再吸引新一批追隨者。原因簡單不過，由於環境艱難，群眾希望見到的是出路，尋求問題的答案，而不再是意見或者批評。誰會有興趣想知道哪位的預言最為準確？慘淡的現實擺在眼前，大家關心的問題是如何解救 (更準確的說法是自救)。在這一方面，「淡友」(基於他們那些缺乏客觀基礎的推理和「分析」) 沒有甚麼可供參考。

曾幾何時，不少香港人就是以「好友」、「淡友」的態度來看回歸：是看淡？還是看好？雖不至於是旁觀者，但仍是擺脫不了靜觀其變的習慣，以為只要看準形勢轉變的方向，無論是好是淡，均可以為自己找到一個位置和一種自處的方法。這是一種犬儒主義的生活態度：可以暫時將好與壞的問題按下不表，毋須作出任何判斷，若無其事的面對一個不盡如人意的社會現實。

更有趣的是，在香港當「好友」也可以同時是一位「淡友」，而「淡友」亦可以做出「好友」的行為，兩者 (雖然充滿矛盾) 可以合二為一。舉一個例，公開「愛

國愛港」的「意識形態大好友」可能比較任何人都要更早計劃移民。而一向懷疑「一國兩制」的可行性的「淡友」，卻未有因此妨礙他們在珠三角投資賺大錢。本來是對立的矛盾，落在香港人手上卻可以統一起來。有的早作兩手準備，無論九七後形勢是好是壞，總有辦法抽身離去，不會有所損失。有的將個人的和社會的分開處理，早作準備，就算外在環境出現任何問題，他們要考慮的只是自己身邊的利益是否受到保護。

無論是看好還是看淡，香港人都有自己生存的策略。這可能是在戰後香港社會裏成長所培養的生存本能。

我懷疑，世上只有香港這處地方才可以給犬儒主義提供一個發揮得如此淋漓盡致的社會環境。

我從不懷疑的是，香港文化中存在一種不獨受到重視，而且認為每人必備的精神——「撈世界要醒目」。因為醒目，才有可能逢凶化吉，無論身處甚麼環境，總可找到生存的空間。

「醒目主義」是香港人（尤其是「戰後嬰兒潮」一代人）的生存哲學之一。我們可以將好與壞，甚至是與非的問題暫時擱置，不問「為甚麼？」，也不探討終極價值，只問「怎麼辦？」，要投入幾多？又有幾多回報？

在一九九七年之前，這似乎是可行的。

不變應萬變？

　　九七前「戰後嬰兒」一代人覺得只要對直接影響自己生活的微觀環境有所把握，能保護個人或家庭努力所得的成果，誰管宏觀環境裏種種不完善之處，誰介意外圍大風大雨。

　　要有兩手準備，要懂得保持距離，要知道如何自保。這都是從小到大在成長過程所學到的生存策略，是一種自我保護的態度。從某個角度來看，這是「戰後嬰兒」從父母逃避戰亂的經驗所吸取的教訓；他們或者沒有上一代人那一種危機意識(隨時準備社會爆發動亂)，但完全自覺要為最壞的情況早作打算。

　　當中英雙方就香港前途進行談判時，港人的地位與角色受到邊緣化。對北京而言，這是政治考慮；若談判涉及三方利益(所謂的「三腳凳」)，將更難控制局面，更會令(因港人恐共)中方陷於弱勢的、被動的位置。而可供香港人選舉的政治出路亦相當有限。在中英正式交鋒前夕，甚麼續約五十年、獨立、主權換治權、在太平洋另覓一個連氣候也相似的島嶼重新打造香港……想得出來的方案都曾經引起過一些議論。

　　不過，待中方嚴正聲明收回香港主權的決心之後，一切討論迅速收歸到一個議題之上：如何將收回主權所

產生的震盪減至最低，盡量保住港人的信心？

答案：一國兩制

這邊廂，北京在港展開了四方八面的統一戰線工作，但（如許家屯先生在他的回憶錄裏提到）重點在於團結資產階級，以為穩住各大財團，防止資金流失，除了即時可以維持安定繁榮之外，更有助於凸顯對容許資本主義於回歸後繼續發展的決心。而資本家也老實不客氣，只要找到一個對資本、市場極其友善的新靠山之後，樂於跟中方合作，支持一切維持現狀（尤其是一種傾向維護資產階級利益的制度安排）的建議。在未來的日子裏，這一組聯盟成為了防止香港出現大變——政治的、經濟的、社會的——關鍵因素。對北京而言，既然過去種種安排可以令香港經濟走上成功之路，那麼沒有甚麼道理要求有所改變。而在香港工商界的立場來看，轉變會帶來不明朗的因素，更重要的是，他們沒有道理要放棄自己熟悉而且玩得得心應手的遊戲規則。這是抗拒轉變的主要社會力量。

那邊廂，儘管北京想盡各種安撫的辦法，市民對未來總是放心不下。可以這樣說，（對中國的社會、政治制度、中央領導人、以至特區政府）信心和信任的問題從來

未有認真處理和解決。一九八九年發生六四事件後情況更為複雜——在相當多的香港人心中，「六四」是一條無法修補的裂痕。中產階級在八、九十年代大量移民，是欠缺信心的表現。至於沒有選擇移民的或想過但卻沒有辦法移民的，他們留下來與有無信心無關。問題是這一種缺乏信心與信任的政治心理狀態，偶然會引爆出民主政治訴求，可是卻沒有發展出另一張香港社會、經濟、文化藍圖。

以當時的民心民情，市民大眾一樣不想改變現狀。

從這樣的角度來看，九七前的香港社會並不是處於一種即將消失的狀態。反之，當時的香港社會視維持現狀高於一切，以為不變是香港應變的最佳方法。

以香港為中心

現在回想起來，七十年代中到八十年代中的十年的確是香港社會發展過程中的一個奇妙時期。對「戰後嬰兒」一代人來說，這十年見證了香港人與香港社會之間的關係的根本轉變。這是前面各章所討論的主題，在此不贅。值得補充的是，迅速發展的本土意識也有其局限。

七十年代末一般香港人自我感覺良好。因石油危機而引發的經濟衰退及其影響已經淡化；捱過七十年代初

的股市狂潮、中期的衰退和失業危機之後，經濟景氣已經恢復過來。雖然生活上 (尤其是居住環境、勞工保障等) 有很多方面尚有待改善，但走上富裕社會已是一種有實現可能的期望。香港人開始外出旅遊；年青人文化在經歷過「油脂狂熱」等衝擊後，消費水平更上一層樓 (運動便裝的普及化和追逐品牌成風是重要的指標)；「回鄉潮」(及隨之而出現的「紅白藍」民間符號) 令港人覺得自己有條件「威」——返鄉下「威」(借用八十年代初《號外》雜誌第42期以 smart-assism 為專題的一組文章所提到的觀察)，原來在香港做草根階層，也未必是最差的處境。在同一段時間裏，港式普及文化迅速地在香港及鄰近地區 (當時，可能除了日本之外，香港是東亞區內在文化方面最開放——最少禁區——的地方) 發揚光大。

那是香港普及文化的「黃金時代」——由無到有 (未有本地製作之前，我們以追看粵語配音片集為樂；在粵語流行曲大行其道之前，「戰後嬰兒」差不多完全放棄了廣東歌)，再而快速發展、產業化、正名化 (有關本地普及文化的各種獎項的成立，頒獎禮成為廣受注意的電視現場直接轉播的節目，這都是一些反映文化發展狀況及自我評價的座標)，然後擴大生產，出口及打入周邊地區的市場 (也包括還未市場化，但通過種種渠道接收香港電視的珠三角地區)。我有一個假設：

七十年代中至八十年代中是本地創作文化最具創意的時期，是文化人最能發揮港式天馬行空、無拘無束的創意 (尤其周邊地區在文化、政治上尚未開放) 的一段時間。八十年代中期以後的香港普及文化產業可能較前期更具規模和更有市場的佔有能力，但在內容方面，則開始不斷重複那證明成功的港式方程式 (「英雄片」氾濫及後來衰落是例子之一)，反而缺少了之前那種嘗試尋求突破的勇氣(當然也可能是純情)。

　　香港人開始不自覺的以自我為中心。

　　表面上自信十足，躊躇滿志。實際上，香港人慢慢收窄了自己的視野。在感覺良好的背後，是一些舊有的空間概念的淡化。

　　在我成長的過程中，廣州叫省城，香港是粵港澳的其中一個埠。小學同學中福建籍好友，完成初中便往菲律賓協助他們的父親做生意。我的外公曾經搞過貿易，戰前去過安南。曾幾何時，我們有過一個區域的概念。但隨着香港的經濟成長，進一步走向國際化的同時，我們反而將香港 (作為一個概念) 放得很大，愈來愈少從一個區域的角度來看香港。

千頭萬緒

回歸後的重大挑戰是：種種大環境的轉變統統「殺到埋身」。

正如在上面所説，看好？還是看淡？已經意義不大。突然之間，香港人發覺舊時的一套生活哲學無助於面對眼前的新環境。形勢大變，無所適從。

一九九七至二○○七，是不可思議的十年。有一位朋友這樣説：大大小小，不同的事情都發生了；像手上所有的東西倒在地上，不知如何收拾。

九七前，香港故事不易講。九七之後，千頭萬緒，不知從何説起。

無可否認，由一九九七年七月一日開始，香港社會這台「機器」失靈了。香港人在八十年代所想出來保持現狀的制度安排，差不多百分之一百失效。

馬照跑嗎？賽馬投注持續下跌。

舞照跳嗎？尖沙咀東今非昔比，大型夜總會早已結束營業。

經濟繁榮？香港經濟不單只飽受衝擊，而且多年來在轉型課題上苦無出路。搞高科技？無功而回。搞資訊科技？效果不彰。創意文化產業？哈哈哈。最後，一切回歸「四大支柱」（雖然物流業要面對嚴峻的考慮，而旅

遊業又明顯地「背靠祖國」）。

　　香港經濟為內地的現代化起窗口與示範的作用？風水輪流轉，香港與內地的經濟關係早已不再屬於單向依賴，而是互相影響，再而角色調轉。

　　一個以民意為依歸，能平衡各方利益，爭取市民的共識與認同的政府？現實是特區一直未能取得市民的信任，同時亦未能在民眾中間建立權威。

　　一支擁有高度行政效率的公務員隊伍？由新機場急於啟用、禽流感、「沙氏」到大大小小的失誤，事實是特區管治並不只是一個行政的問題，而是關乎政治領導的大課題。

　　法治？釋法的做法顯示出北京干預的可能性。

　　言論及結社自由？自我審查成為了一個敏感話題。

　　或者，就只有在廉潔方面未有走樣。

　　當初遇上香港前途問題的時候，香港人的期望是：保—持—現—狀。當然，對不同界別的社會人士而言，所謂保持現狀，意思不一定一致。但是到最後，一切濃縮為生活方式和資本主義制度五十年不變。後來很多人都表示所謂五十年不變並非文字表面的意思——一個社會怎可能在五十年之內全無轉變呢？轉變也不一定是壞事呀！可是，當時香港人確實害怕改變——特別是因為回歸中國而產生的變化。而盡量想辦法減少改變，把未

來的不確定性減至最低，這的確是一九九七年之前香港人最大期望。

基於這種保持現狀，追求不變的心態，基本法的「精神」在於「急凍香港」，利用這份小憲章把香港社會的各個方面變為維持不變的條文。當時的想法也簡單不過，只要把過去成功的元素都想辦法保留下來，到一九九七年之後遇上任何困難，亦可搬出這些「法寶」來應付問題。於是，整個香港社會鎖定在八十年代中期的狀態，凡是當年認為可行的、有助維持經濟繁榮、社會和政治穩定的，統統保留下來。

問題是：這是一種向後望的思維方式。而且更嚴重的是，這種向後望的思維以八十年代中期的香港社會、文化、想像力為立足點，而它所展現出來的視野 (例如嚴重低估了內地與香港之間的互動) 遠遠落後於二十一世紀的需要。

其實，我們對這一種思維方式的膚淺早應在一九九七年「解凍」之前便有所察覺，並且重新檢討。但現實是，我們不單只未有醒覺，而且到了今時今日仍未有在思想上有所突破。

在精神面貌、心態上，大部份香港人停留在八十年代中期的狀態。

對於回歸以來所發生的種種變化 (經濟不景、工作穩

定性消失、負資產、管治混亂與失效等)，他們毫無心理準備。九七後所發生的事情，差不多都屬於意料之外。

本來最少人擔心的問題是經濟——雖然説資本主義與社會主義兩難共容，但是內地需要經濟發展，始終會珍惜香港的利用價值，不會摧毀這一隻「生金蛋的鵝」。結果，經濟出了問題，亞洲金融風暴引爆了埋藏多年的經濟泡沫。更糟的是，金融風暴過後，香港好像失去了一種主要動力，要在經濟方面來一次翻身，毫無頭緒，一切都變得被動——等待經濟復蘇，等待內地經濟動力惠及香港。

當然，也有人擔心過政治方面出問題——但以前所害怕的是北京進行政治打壓，將內地的那一套威權統治移殖香港。結果，政治的確出現了嚴重問題，但問題倒不是北京處處插手，而是特區政府的認受性「直線插水」，管治權威差不多全面崩潰，失去了市民的信心和信任。以前，以為搞甚麼「直通車」，將舊有的政治運作系統盡量維持不變便可以保住政治穩定。結果是事與願違，而且成為了一個死結。

所謂保持不變作為應變的方法，基本上破產收場。

重新歸位

按道理，惡夢成真應該是最可怕的事情，但香港人竟然又可以沒有太強烈的反應；至少在二〇〇三年七月一日之前如是。

當然，他們不可能不在乎。他們也不是不計較。不滿情緒肯定存在；怨氣也不斷累積。但移民人數未見增加，沒有群眾性的恐懼，也沒有失常的狀態。

一九九八至二〇〇二年是一段「乾煎」的日子：市民焦慮不安，很焦急，但又不知如何解救(及自救)。

換轉是站在特區政府的立場來看，則是一個「烤」——市民成為了暴躁的批評者，無論政府做甚麼，左轉或右轉，一樣捶轟；政府領導層仿如每天在新聞媒體上被烤——的時期。政府變得害怕群眾。

直至二〇〇三年。

半自動波的社會狀態

所謂的「半自動波」社會狀況，是指政府逐漸在市民的日常生活中變得可有可無，無關宏旨。當然，這並不是說以董建華先生為首的特區政府會因為市民的主觀意願而自動消失，更不是說這個政府已失去了它的施

政能力。一個政府的存在及其權力，倒是實實在在的，對很多事情還是有着支配的作用。那既然如此，又何來一個「半自動波」社會？我所說的「半自動波」社會狀況，乃指在抗非典及「七一」前後各大集體行動的過程中，香港市民已逐漸表現出一種心理狀態，不再覺得特區政府是一個他們能寄以希望的對象，轉而多想自己在個人或小集體的層次上可以做些甚麼，去扭轉目前香港社會所處之劣勢。

在抗非典一役中，市民儘管對政府的領導及表現有很多不滿意，但是他們都強忍着，以大局為重，在差不多是「無人駕駛」的狀況下預防染病和改善微觀環境的衛生條件。不少市民捐錢幫助有需要人士，甚至參與義工行列，總之就是香港人常講的一句：有錢出錢，有力出力。這一種自救的心理為「七一大遊行」提供了社會團結的基礎。

至於在「七一」前後各大集體政治行動當中，香港人發現原來「頂唔順」者，並非少數。走上街頭的群眾，不一定是「負資產」業主，也不一定反廿三條；但他們之間都有一個共通點——就是認為這個政府既不了解民情，又無意正面面對群眾作交代，六年施政只見整個社會不斷地在倒退，而看不見它會有自我完善的條件與希望。在參與大型集體政治行動的過程之中，市民多

了一份自我肯定和自信（自己的不滿並不是孤立現象，而個人的參與原來既可壯大群眾的聲音，又可為大眾做一點事）。二○○三年七月香港的一個特點，就在於市民感覺良好，而這種感覺剛巧與他們之前六年來憂心忡忡的狀況成為了強烈的對比。

香港人在生活中找到了一些新元素。大遊行過後，飯局上的話題已不再是齊齊盡數特區政府的不是，而是談談市民自己可以做些甚麼。我在這段時間遇過幾批在過去二、三十年來只專心個人事業，不問世事的中年中產，都嚷着要為香港做點事。有的問：能否民間自發去搞好教育，而不要讓政府與利益團體再把教育改得一塌糊塗了；有的認為要籌集基金，要辦一個肯定香港文化的價值的民間博物館；有的已開始設計新的廢物箱，要搞好衛生環境。當然，也有人想到政治。

這些小圈子的動向，未必有代表性，也談不上甚麼運動。但它們背後的理念，同是要由民間主動，搞好香港。這些人對特區政府沒有甚麼期望，只望它不要掃興、破壞。

我相信，二○○三年後很多新的民間動員，都是由這一點出發（但至於是否成功接棒，則有商榷之處）。

　　　　　　　　　　　　　　　　唔該，埋單

後　數

回歸十年，是時候要好好執拾一下上世紀八十年代所遺留下來的手尾 (現在，連二十多年前開拓珠三角所造成的污染及其他後遺症，統統回傳，自吃其果)。

現在事後看來，保持現狀/不變並不足以應付萬變。我甚至認為戰前及戰後嬰兒的兩代人，當年因為害怕及抗拒轉變，而有份製造今天這個攤子。現在，我們要為「急凍香港」付出代價——其中十分昂貴的，是整個社會在一些方面停頓了足足二十年，而且至今仍抗拒改變。

政治制度的自我改善 (提高管治認受性、程序理性的基礎) 成為了一個死結。北京固然不願放手，而香港的建制派至今仍把這死結拉得緊緊。本來化開這個死結之後，海闊天空；如今則悶局團團轉，在政治課題上香港永遠處於緊張狀態。

在社會生活範圍內，香港人也未曾真正放開懷抱，隨着新的元素的出現 (如中港婚姻之普及，愈來愈多中產人士的工作地點在於大陸，跨境學童的增加等等)，而全面改變我們的區域空間視野、「生活圈」的定義。香港人講實際，手腳先行，但腦袋還是停留在上一個階段。

香港人要擔心的，或者不是身份的消失、認同感未夠強烈，而是我們已經多年未有豐富這個身份的內容，

沒有甚麼思想的突破。

維持現狀的想法，應該到此為止了。

2007年6月

唔該・埋單